チャイナ・カシミア

川上亜紀作品集

七月堂

チャイナ・カシミア　目次

チャイナ・カシミア

雪は空から地上に向かって降っているのに、見上げていると体が浮き上がっていきそうだ。ベランダの窓を閉めていると、部屋の隅で灰色の獣が黄色い眼を開ける気配がしてきて、私は振りかえった。すると部屋のもうひとつの隅で光っていたテレビから「氷点下《ヒョウテンカ》」という音声と白い文字が流れ出した。灰色猫は深々と屈伸運動をしてから台所に向かって歩いていく。テレビはずっと時局のコトバで喋り続けているので、もしかすると「氷点下《ヒョウテンカ》」さえその類かもしれないのだが、乾いた空気をさらに乾かすような雪が夜中から降り続けていたのは確かなことらしい。

灰色猫はゆっくり台所へと歩いていく。避妊手術の後ひとまわり大きくなってきた秋から冬を迎え、初めて雪を見たので朝は興奮していたのが、午過ぎからは暖かいフリースの青い毛布の上で眠って、いま目を覚ましたところだ。雪はまだ降り続いている。明日の朝は道路が凍りついてしまうかもしれない。駅に向かうバスも止まってしまうかもしれない。ベランダの窓から部屋に冷気が入りこまないようにカーテンを半分ずつ閉めてオイルヒーターのスイッチを入れた。ここにしばらく閉じこもることになったとしてもべつにかまわないし、灰色猫と雪見酒をしていたってい い。東京の雪は賞味期限が短い。

ああ、この猫はヨーロッパよ、中国の猫とも違うしニホンの猫とも違うね。

猫は中国語でマオと言う、毛沢東の毛に似ているけど少し違う、と留学生の劉氷は中国語がまったくわからない私に教えた。マオ、マァオ、メァオなどと私は鳴いてみたが、どれも少し違うようだった。わたしが生まれたところは寒い地方です、そしてわたしが生まれた日はすごく寒かった。だから「氷」という名前をつけました。それでは劉さんは寒いのは平気なんでしょう。いいえ、わたしは寒がり、とても寒がり。東京の女子高生は寒がりじゃないね。劉氷は笑いながらジーンズの膝を両手でさすった。

あれは昨年の冬だけど、時間というのは大した問題にならない。あれは一昨年の冬だとも言えるかもしれない。灰色猫は一年余りで成猫になるとしても、劉氷の二人の子どもはまだ小学生なので、年が明けたら中国へ帰らなければならないのだ。そして劉氷は住所を書き残していかなかった。戦争が始まったら逃げてきなさい、だいじょうぶだいじょうぶと楽しそうに請け合ったのだが。劉氷の連絡先ならきっと陳さんに訊けばわかるのだろう。ところが、私は陳さんの正確な名前も覚えていないありさまだ。

陳さんは大好きな池袋に明日から通う、と劉氷は北京育ちの陳さんの肩を小突いて大笑いしていた。アルバイト先の企業に雇われることが決まっても陳さんはあまり嬉しそうでない。人ごみは嫌い、池袋は全然好きじゃないよと劉氷の肩を小突き返した。二人とも赤いトレーナーを着てナイキのスニーカーを履いている。陳さんのトレーナーには色とりどりの細いリボン飾りがついていて、劉氷のトレーナーは朱色に近い赤だ。本物とは思わないけど、履いていて楽ですよと劉氷は玄関でスニーカーを脱ぐときに私に向かって言った。カネコさんはきっと長女でしょ、あたしは次女。いちばん座り心地のよさそうな椅子に座りこんで陳さんはハスキーヴォイスで猫的に呟き、私は台所で食べきれなかった餃子を冷凍するかどうかと迷いながら曖昧な返事をした。

「ずっと外に出さないで飼っていればだいじょうぶじゃないかなあ」

猫の避妊手術費用のことを聞いた劉氷は考えこんで腕組みをし、陳さんは次のようなエピソードを語った。

「あたしの母も家から出さないように猫を飼っていたけど、あるとき出ていってしまった。でも一晩たったらちゃんと帰ってきた。それからだんだんお腹が大きくなって子猫がたくさん産まれたよ」

私は冷凍庫からアイスノンと氷と食パンを放り出して、餃子を詰めこみはじめた。

「産まれたばかりの子猫はかわいいよ、オカアサンのオッパイ飲むときにこうやって手で押しながら飲むの、かわいいよ」

その子猫はどうしたの、と訊くと「猫の好きな友達にみんなあげた」ということだった。

猫を飼えないアパートに住んでいたり、家族が猫アレルギーだったりする「猫の好きな友達」なら私にもいないわけではないが、「灰色の子猫がたくさん」という事態はどうしても避けなくてはならないと思いながら、塩味の白いゴハンをオオバで巻いていると、劉氷は興味深げに身を乗りだして、その葉っぱは食べ方がわからない、これはおいしいです、と箸でつまみながら、帰ったら回転寿司のお店を出したいがもう競争相手が多すぎて無理だと言うのだった。

劉氷が帰国してからは、アパートに遊びに来る人もなく、灰色猫だけが大きくなった。

陳さんの正確な名前と劉氷の住所は、ウランバートルから東京に来ている魏さんが知っているかもしれない。けれども魏さんに電話すると、私には魏さんの言っていることがどうしてもよくわからないのだ。私の言っていることは魏さんにはわかっているのかもしれないのだが、電話を通じて耳に届く魏さんのニホン語は聴き取りづらくて何度も尋ね返してしまう。ずっと以前会ったときに、カシミアの原毛は世界で一万トンしか採れないこと、中国のカシミアのほぼ四割はモンゴルで生産していること、厳冬のモンゴルでは七七万頭の山羊が凍死したこと、などを教えてくれたときはとても熱心に私は聞いていたのだが。でもそういうことをわかった、とはいえない。私には七七万頭の山羊を想像することはできなかった。ニンゲンの山羊飼育の歴史は古いらしいが、私は山羊を動物園でしか見たことがない人種に属していて、その山羊もきっとシバヤギというニホンの山羊だったのではないかと思う。カシミア種とアンゴラ種の山羊はマーコールというらせん状の角を持つ山羊から生まれて、カシミア種の冬の下毛がカシミアの原毛になる。けれども、雪が降って一晩のうちに七七万頭の山羊が凍死する世界を私は想像できないのだ。

灰色猫はかりかりと猫用食器のなかのドライフードを食べ続けた。テレビ画面をリモコンでＯＦＦにする。冷蔵庫のモーターの音、水道管の鳴る音、壁のきしむ音がかすかに聞こえて、静けさは音によってますます強烈になった。いま、また冬だ。私はベランダの窓を閉めて部屋のなかにいる。外は青く暗く感じられた。それも雪にまつわる私の幻想に過ぎないことはわかっていたが、外の世界全体が青い翳のなかに入ってしまったようだ。私はカーテンを完全に閉めた。

次の朝、雪はやんで空の雲からは淡い光が射していた。道路には車が走っていたが、駅に向かうバスは遅れているようだった。短ブーツを履いて私は歩き出した。駅まで歩かなければ、そして母の住むマンションまで歩かなければならなかった。オカアサン、と私は頭のなかで叫びながら起きた。頭がほんの少し痛んだ。母がどうかしたわけではなかった。電話の声もたいてい元気だ。ただ、目覚めた瞬間、オカアサン、と頭のなかで叫ぶ自分の声がして、そのときすでに灰色猫は見当たらなかった。猫が行ってしまったなら、私も行かなければ。そう思って身支度をした。三〇分ほどの道のりだ。雪はところどころで凍っていた。ザラザラッと常緑樹の枝から凍った雪が落ちてきてあやうく頭に当たりそうになったが、それはよけることができた。

どうして今朝は、オカアサンだったのだろう。私は歩きながら考えようとしたが、その途端、短ブーツは道に残った汚れた雪の上のかすかな青い翳に滑った。滑る、と思ったときどちら側に転ぶか決めなければならなかった。私は左側に転んだ。また立ちあがったとき、左手の甲をひどく擦り剥いているのに気づいた。血が滲んでいた。私はオカアサンでなくシマッタと呟いた。手袋をしっかりはめていればよかった。コートのポケットからはハンカチと手袋が両方出てきた。痛みよりも血が出ているのが気になって、ハンカチで左手を巻いた。道は確かに駅へ向かういつもの道だし、雪もそれほど残っているわけではない。バス通りを車がふだんよりいくらかゆっくり走っていて、歩道を歩いている人はふだんよりいくらか少なかった。

空と路上の雪が薄青い翳で風景全体を包みこんでいて、私はそのなかをまたせっせと歩き出した。私がコートの下に着ているカシミア混紡のセーターもそんな色だった。

向こうからまるで陸上選手みたいに走ってくる人に見覚えがあると思ったら劉氷だった。劉氷は私を認めると笑顔になり、新聞配達のアルバイトに遅刻してしまうよと言いながら私の肩をどんと叩いて、そのままものすごいスピードで走っていってしまった。陳さんは大嫌いな池袋へオシャレな靴を履いていくところ、階段をこつこつ上っていく足が見える。魏さんはモンゴル語で話しているから、私は魏さんの名前をなんとかしてモンゴル語で発音しようとするができない。

やがて向こうから山羊の群れがおしあいへしあいやってきて、ヘエンヘエンヘエンと叫びながら私をまきこみはじめた。らせん状の角をもつ山羊も見える。私はもうどの山羊かわからないがともかく山羊の背中に押し上げられて、手足はマシュマロに沈んだように感覚がないのに、鼻や口のなかにまで山羊の毛が入りこんだようで、ヘエンヘエンという鳴き声は背中の裏側で聞こえている。スケープゴートという言葉が頭に浮かんだ。手の甲から滲み出した血のニオイのせいだ。値段の下がったカシミア混紡のセーターを着てたいしたこともしないで暮らしている女は私のほかにもいるはずなのに、どうして私だけが手を擦り剥いたり山羊の群れにまきこまれたりしなくてはいけないのか、と叫ぼうとした。どうして私だけが、と叫ぶとメヘヘヘンという鳴き声になった。そうしてしかたなく山羊集団に運ばれて、私は駅のほうに進んでいった。駅に着いたら、「動物病院の角から数えて三つ目のオートロックマンションに連れていってください」と書いたプラカードを持って座っていれば誰かが助けてくれるのではないかと思ったが、山羊集団は飛び跳ねて私を思いきり振り回して放り出して、そのままヘンヘンと雪の残った道路を行ってしまった。

「あなたこんなところに座っていないで家に帰ったほうがいいんじゃないの、手に怪我してるし、なんだか具合が悪そうよ」

気がつくと黒いダウンジャケットを着た年配の女性が私のほうにかがみこんでいた。

「大丈夫ですか」

またメヘヘヘヘンと鳴いてしまうといけないので、黙って頷いた。

さわっちゃだめ、と私の左手のハンカチをひっぱろうとした通りすがりの幼稚園児が茶色の髪を束ねた母親にすばやく引き寄せられて、目の前を通過していった。

「動物病院の角から数えて三つ目のオートロックマンションに行きたいんですが」

そう言ってみると、案外私の声は落ち着いていた。ところがダウンジャケットの女性はそれならバスに乗るといいと言って、ほとんど私の手をひくようにしてバスの停留所まで連れていってくれたのだ。バスは嫌いなのでと言おうとすると、喉に山羊の毛がひっかかったような咳が出た。

ほんとうに私はKバスが嫌いで、あまり乗ったことがない。Kバスでは、ピンクや黄色のバスカードを売っていて、バスカードを機械に入れるとカードは進行方向へ向かって飛び出し、乗客はそれをもぎ取って急いでバスの後ろに向かわなくてはならない。いつも乗車口は滞り、降車ドアは運転手が開けるのを忘れ、ヒトはどこまでも吊り革に振りまわされていくのだ。それでも運悪くバスが来てしまった。私は押しこまれるようにバスに乗せられてしまった。しかたなく財布を出して運転手にバスカードをくださいと言うと、頭の毛が黒々と渦を巻いている運転手は、お釣りがないからカードは売れないねヘヘヘヘンと叫んで、私を奥へと追いやった。無賃乗車をしたかったわけではないのに、私はほかの乗客とともに輸送される家畜になったようだ。だからバスは嫌いだと呟くと、隣でガムを噛んでいた頭の毛が黄色い山羊が、ふん牧民のくせにと運転手の背中に向かってガムを吐き出し、背広の背中を丸めた山羊は、春になると二四時間ストライキを決行するという張り紙をして民族企業に叱られるさ、たいへんなんだよ牧民も、とわざわざ後ろから聞こえよがしに言った。

いちばん後ろの席では、魏さんがニホン語でレポートを書いていて、〈内蒙古におけるカシミア産業の発展〉とタイトルだけが読めた。提出期限にまにあうといいけれど、事と次第によっては魏さんもモンゴルに帰ることになるかもしれない。そして私はアパートに戻ってセーターを脱いでフリースのカーディガンにでも取り替えてこない限り、母の住むマンションには辿りつけないのかもしれない。劉氷が携帯電話を持って、窓の外を走っていってしまう。わたしの住んでいるところは田舎なので、住所はないんです。でも役所には住所がありますよ、だいじょうぶだいじょうぶ。

次は北原六丁目、とアナウンスが響いて、背広の山羊が降りていった。続いて牛のような動物が降りていったのだが、牛にしては小さすぎて後ろ姿はロバのようにも見えた。牧民でもないくせによけいなことを、という声が頭の上で響いた。顔を上げるとマンションの掃除人が共有廊下を掃除するときに着る赤と緑のジャンパーを着て立っていて、あれは遺伝子操作に失敗したんだよとにやりと笑い、モップの先でその牛のような動物の後ろ姿を指した。私はこの男を何回か見かけたことがあった。いつも息を切らしてマンションの玄関や郵便受けを掃除しているのだが、あの掃除人はそうやっていつも一心不乱に掃除するふりをしながら何かよからぬことを考えているのだというふうにマンションの住人たちは思っているらしいと母は言っていた。掃除しながら何を考えようとそんなことは勝手だが、現在バスにモップを持って乗っている掃除人の目つきは乗客を監視しながら隙あらばモップで小突いてやろうと確かにそう考えているようだ。野辺山動物病院前で、私はこの男と一緒に降りることになるのだろう。そしてモップで追われながら、角から三つ目のオートロックマンションの自動ドアの前に立たされるのだ。

次は東小学校、とアナウンスは流れたが、東小学校で降りるような子どもは乗っていなかった。もう小学生の登校時間ではないのかもしれない。そのとき私は急に悪寒に襲われて震えはじめた。寒さで自分の歯がガタガタと音をたてるのを聞いていると、七七万頭の山羊が凍死した話を思い出して、これは野辺山動物病院へ駆けこんで急患だといって左手の傷を診てもらうしか助かる方法はないと思った。

赤と緑のジャンパーの男は、野辺山病院前のバス停でほとんどの乗客をモップで押し出してしまった。私も背中をモップで押されてバスを降りた。振り返るとバスはマンションの掃除人だけを乗せて遠ざかっていった。運転手はモップで小突かれながら、掃除人の自宅まで運転して行くのだろう。私は短ブーツをひきずるようにして、野辺山動物病院の入り口まで歩いた。

「お願いします、急に寒気がして」

院長の野辺山先生が白衣を着て出てきて、ああこんにちはカネコさん、猫ちゃんどうかしましたかと言いながら石油ストーブに火をつけ、助手の若い女が私のコートを脱がせてくれた。

「や、ぼくは畜産のほうはどうもねえ」

野辺山先生は腕組みをして正面から私を眺めた。

「獣医と言ってもこういう住宅街で開業しているのは小動物専門なんですよ。犬猫のほかに兎やハムスター、まあ老衰の雄鶏とか亀とか猿なんかも診たことはありますけどね、でも大学の実習以来、牛や馬は扱ってないし、まして山羊となると正直なところまったく自信がないんですよ」

楽天的な野辺山先生は、あちこちで断られた灰色猫の避妊手術をあっさり引き受けてくれた人だ。おかげで灰色猫は手術後も風邪ひとつひかず体重が増えた。私は避妊の相談に来たわけでもないのだし、左手を擦り剥いて寒気がしているだけなのだからなんとかならないだろうか。

「対処療法として風邪薬を出すこともできますが、抗生物質は使わないほうがいいと思うので、とりあえずここでしばらく暖まってはどうでしょうか。あ、キミね前脚に包帯巻いてあげて」

はい、と穏やかな声とともに薄いピンク色の制服を着た助手の若い女が、私の左手からハンカチを取り去ると、擦り剥いた甲の部分をヨードチンキで消毒して、ぎゃっと叫びそうに痛かったところにグルグルと包帯を巻きはじめた。私は診察台に短ブーツを履いたまま寝そべって石油ストーブで暖められていたが、そのセーターを脱いで下さいと言われると、包帯でグルグル巻きにされた左手がうまく使えずにもたもたして却ってすっぽりとカシミアセーターにもぐりこんでしまい、これは困ったな鋏で切ってしまうしかないかなという野辺山先生の声を聞いた途端、恐怖のあまりメヘヘヘヘーンと鳴きながら、野辺山動物病院を飛び出してしまった。頭までセーターにすっぽり覆われた状態でどこからそんな力が出たのかわからないが、私は後脚の蹄だけで走って角から三つ目のオートロックマンションに頭から突っこんでいった。ばりばりとガラスの砕ける音がしておそらく二本の角から先に私は母の住むマンションに入りこんで、エレベーターを使わずに七階まで階段を駆け上っていった。

マンションの共有廊下から見下ろすと駐車場の車がミニカーみたいでなんだかわくわくして楽しい。こんな高いところが私は好きなようだ。高所恐怖症だし、車の騒音に耐えられないからという理由で近所にわざわざアパートを借りていたのだが、やはりこっちのほうがいい。それできっと灰色猫も先に行ってしまったんだ、猫も私も高い場所に居たいのだと思いながら、七〇五号室のドアを開けると、案の定灰色猫がどどどどっと走り出してきて、私の膝めがけてアタックしてから、またくるりとこちらに尻尾を向けて奥に走っていった。

オカアサン、ただいまっと私は大声で叫んだのだが、オカアサンの部分はメヘヘヘンとなって、奥のダイニングで座って新聞を広げている母には「ただいま」というコトバしか通じなかったようだ。

はいはい。いいこだからもうビスケット食べるのやめて、これで遊びなさい。

母は灰色猫に向かって話しかけているところだった。そしてビスケットの袋で猫のためのサッカーボールを作ってやっていた。

「ああおかえり、わたしはどうもそれほど猫が好きというわけじゃないようだ」

私の顔を見るとそう言って、またサッカーボール作りに集中した。ボールが蹴り出されると、猫は狂喜してフローリングの床の上で四肢を使ってボールを追い回し、電話台の下にシュートをきめた。

「手はどうしたの」

ああ、オカアサン、それが、と私は説明しようとしたが、ああ、メヘヘヘン、へへという自分の声が聞こえたので説明をあきらめた。

「なんでもない、擦り剥いただけなのに、医者に見せたらこんなに包帯巻かれて毎日通いなさいだって」

「だから前野医院はだめだって五階の鈴木さんも言ってたわよ、このあいだ包丁で切ったところがまだ」

ところで、台所では何か複雑なニオイがしていた。

「ああ、どうしたらいいんだろう、オトーサンはせっかくカシミアのセーターを着せてあげたのに風邪をひいてヘンヘン咳をしながら特別の雑炊を作ると言って、あんなに雑炊を作って、仕事があるとかあったかもしれないとか言ってまたヘンヘン咳をして出かけていく」

母は私の父親のことをオトーサンと呼んでいた。

「まったくどうしたらいいんだろう、せっかくカシミアのマフラーを買ってあげたのにおとといの夜カレーライスを食べた店にマフラーを忘れてきて、電話をかけてヘンヘン言って雪の日にわざわざマフラーを取りに行くひとなんかいない、何を言ってもヘンヘン」

私は土鍋の蓋を持ち上げて、特別の雑炊がどんな具合か眺めてみた。

すると畳の部屋からヘーンヘンという特徴のある声が聞こえてきて、父はそこに居るのだった。

「その土鍋ごとテーブルに載せてヘン」という父の指示通りにすると「白いスープ

皿を出してヘン」と母が指示するので、私はついでに猫用の皿も並べた。

家族は皆髪や肌が白くなっていてそれぞれカシミアのセーターを着ていた。灰色の毛皮は猫だけだった。土鍋のまわりに座って特別の雑炊を一皿ずつ食べて、ときどきヘンヘンと鳴きながら、私たちは猫にも肉を分けてあげましょうと言い合った。特別の雑炊はキャベツとニンジンと豆と米の味がしたが、何かわからないが細かく刻んだ肉が入っていて、それが美味だったのだ。

オカアサンに細かく裂いてもらいなさい、と母が猫に話しかけたが、私は猫のオカアサンなんかではない、種族が違う、オカアサンはオカアサン以外にありえないと了見の狭いことを言い募った。そんなにメエメエ鳴かなくても、猫は猫なんだから肉食なんだからと母が言うので、私はまだヘンヘン言いながら猫のために指先を使って肉をさらに細かく裂いてやった。けれども灰色猫はふんとニオイを嗅いだだけで、椅子から飛び下りてどこかに隠れてしまった。

気がつくとフローリングの床には灰色の毛がそこここに散らばっていたので、私はていねいにそれを拾い集めれば春までには綺麗な絨毯が作れるのではないかとちらと考えたが、特別の雑炊を食べた後なので、眠くなっていった。玄関で短ブーツを脱ぐのを忘れたかもしれないが、しかたないもうこうなったら、猫には肉球、山羊には蹄だものと北向きの小部屋に入ると寝台があって、私はそこでしばらく眠った。

午後遅くなって、ダイニングルームに出ていって、冷蔵庫を開けて紙パックの牛乳を飲もうとしたとき、赤と緑のジャンパーを着た掃除人がとつぜん血相を変えて玄関からやってきた。各戸を回って窓の格子を拭くのが掃除人の仕事だったはずだが、それだけではなくなったようだ。

「あんた、牛乳を飲むなんて」

私はマグカップをテーブルに置いた。

「牛乳はね、いまや全国で需要が高まっている。ほら昔学校給食で飲まされて嫌がっていただろうが。ともかく乳製品はすべて市場に出すものだ。こんなところで消費するなんてとんでもない。あんたたちは重要な資源なんだよ、重要資源は外に出さないように管理会社に言われている」

開いている玄関に向かって走り出したが、たちまち掃除人のモップに小突かれて私はオートロックマンションの七〇五号にまた押し戻されてしまった。灰色猫は喜んでモップに飛びかかったがたちまち振り飛ばされた。

「猫はどうでもいいが、あんたたちは外に出すわけにはいかない、車に轢かれたりしたらたいへんだ、こっちに全部責任がかかってくるんだ。ドアの鍵をかけていなかったようだが、今後はそういうことのないように」

掃除人はそれだけ言うと冷蔵庫を開けて点検し、紙パック牛乳、ピザ用チーズと一〇〇円のヨーグルトを見つけて肩から提げた袋に入れると、魚のような目つきであちこちを眺め回してから、管理会社からのビラを渡して、モップを片手に共有廊下に出ていった。

どうすればいい、と私は母に言ってみたが、そうだねえ、と母も何も思いつかないらしく、父はヘンヘンと咳をしてから、ここにいればいいんだろうと言って畳の部屋に入ってしまった。

すでに食材は段ボール一箱の有機野菜が、週に一回配達されることになっていた。

段ボール箱は玄関に放り出されてヨモギのニオイがしていた。

管理会社からのビラというのは、正面玄関のガラスを月賦で弁償してほしいということだったが、カシミアの原毛での支払いも可、と書いてあった。中国製、というタグに３９５８６２と数字が記されているのは製品番号かもしれないが、カシミア混紡のセーターからは、カシミア原毛は採取できないので、私は自分の薄青いセーターでこれを支払うというわけにはいかないのだった。

ここにはだから何の資源もないはずなのだ。私からカシミアは採れないし、搾乳用、食肉用にも不向きなヒトである。水道水は家庭用浄水器を取り付けてやっと飲めるのだし、外に出す家庭ゴミの分別をいくらていねいにしてみても、野菜の屑を堆肥にすることさえできない。

オカアサン、と私は母に向かって話しかけた。

「春になったらどこか別の場所に移動するしかないよね。いつになったら外に出られるのかな」

まあ、冬のあいだはここにいるしかないでしょう、と母はまたテーブルの上で猫のためにサッカーボールを作ってやっていた。私も真似して作ってみたが、転がり具合が悪いので灰色猫は喜ばなかった。

「春営地への移動についてはまだ何の連絡も来ていないし、マンションの理事会では戸別にではなく全体で移動できるように管理会社と折衝しているところでね、北原六丁目辺りで物件を探しているようだよ、あの辺りならきっと暮らしやすいね」

私はまたオカアサン、と叫んでしまい、メヘヘヘンという鳴き声が響いた。灰色猫はサッカーボールを電話台の下に追いこんでから、椅子の上で丸くなった。背中の毛並みが鰺のゼイゴのように段々に割れている。たちまち夜になったことに私は気がついて、窓のカーテンを引きはじめた。重みのあるカーテンで幕を閉じてしまえばこの日が終わって、またこういうことは続いていくのだろうが、続いていく限りは生きていられるので、それもまた悪くはないことだ。

セーターを脱いで、北側の小部屋の寝台で眠ろうとすると、車の流れていく音が深夜まで途切れずに続いた。海の音に似ている、あれは海の波の音だ、と自分に言い聞かせているうちに眠ったようだが、明け方の夢のなかで山羊たちが増殖を始めた。繁殖しているのでなく増殖しているのだった。乾いた草原の上をメヘヘヘンと鳴きながら山羊たちは移動していき、後方から形も大きさも同じ山羊がたえまなく姿を現していた。魏さんがモンゴルの歌を歌っていた。その旋律と単調な拍動が夢のなかにも響き出していた。きっと七七万頭にまで膨れあがっていく増殖する山羊の集団の端に、ほんの小さい灰色の染みが見えたと思うと、まもなく灰色猫が灰色の影をしたがえてととととと小走りに走っていき、その影もコピーされた灰色猫となって同じ方向へ走り、またその後ろからも同じ灰色猫が、という具合に猫たちも無言で増殖しはじめて、ああどうしようああどうしようという私自身の声も聞こえてきたが、その声はしだいに幸福な陰影を帯びて、濃淡のない灰色の猫たちは私の目の前を横切り続けた。

北ホテル

(序) ウグイスの朝

　明け方にウグイスが鳴いていたのは確かなことなのでまた自分が眠らなかったのだということに気づいて、竹細工のウグイス笛を吹き鳴らしている夢をみているわけではないのだとベッドのなかでなんども自分に言い聞かせた。夢のなかでそんなことをすればもう目が覚めているはずだ。あれはほんもののウグイスでこの家の近所で飼われているのかもしれない。いままでウグイスが鳴いているのを聞いて目を覚ましたことなんてないから知らなかった。

　このあたりではいつも明け方にウグイスが鳴くのだろうか、ここはどこなのか、と思いながらまだ目を瞑ったまま奇妙に晴朗なウグイスの声をもういちど聞いた。きっともうすぐ黙ってしまうだろう。ここは私の家なので、誰も私の眠りを妨げたりはできないし、たとえ眠らなかったとしてもそれを妨げたりはできないのだ。

するとと、黙りこんだウグイスの代わりに、街路を歩いている人の声が聞こえてきた。なにを言っているのかはわからないが、遠くから歩いてきて延々と喋りながら、私の寝ているベッドのすぐ脇を通っていくようにその声は響いた。しまいにそのなにを言っているのかわからない声が、私の足の裏に向かって喋っているような気がした。

ががががね、しょうも、しょうもしょうもがががが。

こうなってくると、ベッドから這い出したほうがいいのかもしれない。また眠らなかったことについてはもっとあとで考えてもいいことだ。

ゆっくり目を開けるとオレンジ色のカーテンが見えた。カーテンはほんとうはオレンジ色ではないし、それに眩しいのはカーテンではなくて、窓から差し込んでいる朝日なのだということに長いこと気がつかなかったのは、私はここ何年も東向きの部屋で眠ったことがなかったためだろう。ここが確かに私の家であるならば、ということだけれど、遮光カーテンをとりつけたほうがいい。まばゆいカーテンの向こうで、しばらく黙っていたのは喉の調子を整えるためだったと辺りに知らせるように、またひときわ大きな声でウグイスが鳴いた。通行人は私が目を覚ましたということを知ったかのように無言になって、靴音だけを響かせて足早にいってしまった。少なくとも私にはそんなふうに感じられて、また眠らなかったのにまた目を覚ましたというのもへんな話だ、と昨晩着替えたばかりのパジャマを着たまま、しばらくベッドに腰掛けていた。

ウグイスがふたたび叫んだ。アレグロ・コン・ブリオ!

そこへ玄関のブザーが鳴り響いて、あわてて昨夜まで着ていた服に着替えていると靴下が片方見あたらず、インターフォンは壊れているのであぁ困ったなと思って、しまいにはじっとして物音をたてないようにしてその新聞の定期購読の勧誘か換気扇フィルターの訪問販売をやり過ごすことにした。昨日着ていたブラウスの袖はもう冷たい感触にもどっていた。

台所にトマトがあったはずだと思って立っていくと、また玄関のブザーが鳴った。私は壊れたインターフォンを恨めしく思いながら、トマトを戸棚にしまいなおした。そしてこんどは玄関の戸を開けるために、鏡に向かって髪の毛を梳かしつけたところへ、また東の窓のカーテンが揺れて、法、法華経、と楽しげに唱えているウグイスの声がした。私は窓に駆け寄ってオレンジ色のカーテンを開けてみたが、どこにもウグイスの気配はなかった。ここは地上二階なので狭い道路を隔てた一戸建ての家を囲んでいる板塀が見えるだけだ。私は狭い玄関と東に向いた大きな窓とのあいだに立ったまま、身動きができなくなってしまった。

朝からどうしてこんなことになっているのか、そう考えるだけ無駄なのかもしれない。ウグイスのせいで私はかなり長いこと玄関と窓のあいだにじっと立っていたが、そのおかげでまた新しい電話会社の訪問調査係か宗教団体のパンフレットを持った布教者はあきらめて立ち去っていったようだ。そこで私は呪縛を解かれた人形のように機械的に台所に移動した。

トマトとハムで朝食をすませてから、私は押入れを改造したクローゼットを開けて、夏服を取り出して点検し始めた。以前の住人が作ったクローゼットには、冬まで使わない毛布や布団だけでなく私が持ってきた中途半端な衣類や鞄や手提げ、古い型のアイロンなどがすべて収まった。そして、私の持っているすべての中途半端な衣類の中で確かに夏服だといえるのは、表面が白っぽくけばだって、裾や襟ぐりが細かい球状の糸屑の塊で覆われてきた何枚かの半袖のTシャツよりも、たとえば冬のコートの奥に吊るしてあるレンガ色の袖なしワンピースのことだ。夏が近づくと、私は外に着ていく服のことで迷い始める。一〇年前には確かに夏服だったワンピースは素材に麻が混じっている。でもそんなことはもはや夏服の条件ではないらしい。いまではオーバーコート以外のありとあらゆる中途半端な衣類がほぼ一年中着られるということになっている。そのことはもういい、とは思う。ただ、肩幅と袖丈が問題なのだ。そう考えながら、私は袖なしワンピースをクローゼットから出してアイロンをかけ始めた。

昨年の冬、私は黒いダッフルコートを買ってしまった。ぜんぜん別の用事で街を歩いていてデパートに立ち寄ったのだけれど、黒いダッフルコートが店に吊るしてあるのを見たとたんに、中途半端でない買い物をする動機がとつぜん黒雲のようにムクムクと沸きあがってくるのを感じたのだ。圧縮ウールですから暖かいですよ、試しに着てみませんかといわれるまでもなく、私はその黒いダッフルコートの袖に腕を通していた。

「フードはついていないんですか、最近のダッフルコートは」

「ええ、取り外しのできるフードが流行したこともありましたけれど、これでしたらふつうの黒いコートとしてどこへでも着ていかれます。フードをつけるとやはりカジュアルな印象になってしまいますから。ああ、袖丈がぴったりですね、お客さまは。たいていの方には長いので、お直ししているんですが」

「ええ、手が長いんです」

「いいえ、手が長いのではなくてアームが長いんです」

アーム？　私は肘を動かしてみて手首が露出しないことを確かめた。

「このコートはアームホールをゆったり作っています。そのほうが着たときにコートの形がきれいに見えるのです」

私はコートを着て鏡の前に立ってみた。ともかく私の肩はそのコートのなかでくつろいでいた。

「中国製なんですか」

「そうです。この軽い圧縮ウールの生地そのものを中国で作っています。デザイナーはニューヨークと中国を行ったり来たりしているんですよ」

確かに愛想のない無国籍な雰囲気のダッフルコートだった。

ともかく私は迷わずにこのコートを着て帰るからいままで着て歩いていたダウンジャケットをなるべく小さくして袋に入れて欲しいと言った。そして肝腎の用事はすっかり忘れて帰った。

レンガ色のワンピースにアイロンをかけ終えるあいだに（細いリボン状の共布のベルトが特に厄介だった）、私はまたべつのことを思い出したのだが、それはシャワーと混合水栓の湯音調節と水道の蛇口の水漏れの修繕費用の見積もり書で、その金額を〈米〉に換算してみると二〇〇キロは軽く超えていると電話で母親に喋ったところ、おこめ券が何枚かあるからそのうち取りにきなさいよということだった。そこで先週の週末に、私は出かけて行っておこめ券と何枚かの紙幣が入った封筒を受け取ってハンドバッグにしまいこみ、またここに戻ってくる途中で、駅前の旅行代理店でパンフレットを集めてカウンターであれこれと質問し、そのまた近くのコンビニで預金残高の確認をした。そして地上二階に舞い戻り、往復の航空券と宿泊がセットになっている夏の北海道旅行のパンフレットを食卓に拡げて、窓のカーテンを閉める時刻になったことにも気づかずに熱心にそれに見入っていたのだった。

ところで、袖なしワンピースをリサイクルの店に持っていけば、店の女主人が眼鏡越しにつくづく布地を調べて、衣料品は価格破壊だからこれはブランド物じゃないから悪いけどなどといいながら片手ですばやく電卓を叩いて一〇〇〇円以下の値段でしかひきとらないのはわかっていても、一〇年以上着ていないワンピースを来週から着ようと思ってもまず着ることはないのは確かなことだ。私はアイロンをかけ終えたワンピースを壁に吊るして眺めたあと、なるべく簡単に別れを告げてそっと畳んで紙袋に入れた。

北ホテル

私は小樽駅前のひろい坂道を、海のほうへむかって行った。

伊藤整『幽鬼の街』

新千歳空港に友子が降り立ったのは七月の最後の週だった。あまり旅なれない印象を与える大きなナイロンバッグを肩にかけてエスカレーターを下り、ＪＲの切符売り場で目的地までの運賃を確かめている様子は、夏の観光客にしか見えなかったし、友子はそれ以外の何者でもなかった。

飛行機のなかでは、ピンクと白の鮮やかなストライプの制服を着たスチュワーデスが飲み物をサービスしてくれた。機内は涼しかったので、友子は温かい緑茶を飲みながら、ずっと窓の外を眺めていた。青い空の下に見える雲は氷山になったり険しい雪山になったりとその姿を変えた。緑茶を飲みながら雲の上だ！　友子は温かい紙コップを胸に押し当てた。ところがしだいに窓の外は雲ばかりのきりがない状態になって視界は白く遮られたので、友子はたちまち東京の六月の曇天を思い出して、自分が雲に飽きるのは、地上ではソラと呼ばれているあの青い色がまったく見えなくなってしまうときだと気づいた。そしてそのことをよく考えてみようとしたのだが、またすぐに青い空の下で雲が薄い層を作っているのが眺められたので、再び嬉しさのあまり窓に向かって顔を押しつけたような格好になったところへ、機内では飴の入った籠を抱えたスチュワーデスが乗客のあいだを廻り始めた。高度が下がり始めるという合図でもあるわけだが、友子はそんなことには気づかず、桃の味がする飴を貰った。そのとき少し耳が痛むような気がした。眼下にはすでに北海道の陸地が拡がっていた。地形図の立体模型のような暗い緑の山岳地帯と、そのあいだに小さい畳が敷き詰められたような田圃が見えた。新しい青い畳と黄色くなった古い畳が混在していた。友子はそのタタミの実際の大きさを想像できなかった。そして窓の外を見るのをやめ、着陸に備えてシートベルトを確認した。

空港の地下から発車する列車に友子は急いで乗り込んだ。列車のなかは明るいオレンジとブルーに塗りわけられて、二人掛けの座席のカバーはベージュ色だった。

東京の地下鉄より清潔な感じだった。友子は形の崩れやすいナイロンバッグを網棚に押し上げて、鳩サブレの大きな袋を膝の上に抱えた初老の男の隣に腰掛けた。北海道に来たというドラスティックな実感はないが、まあこんなものだろうと思った。友子は短い夏の観光シーズンにあわただしく目的地に直行して三日ほどで帰る予定だった。

　快速エアポートという名前の列車は規則正しく列車の音をたててスピードをあげた。窓の外は曇り、ときどきひょろりとした白樺の木、送電線、赤茶色や青の屋根、ときどきコンビナート、とつぜんスクラップ自動車の山、そんな具合に景色が移り変わった。広いところに来たことは確かだった。

　札幌駅でほとんどの乗客が降りていった。隣の席の鳩サブレを抱えた男もゆっくりと降りていった。友子は空いた座席にナイロンバッグを置いた。すると若い人たちが乗ってきてみな軽装で楽しげだった。日曜日だから海でも見に行くのかもしれない。友子は薄いカーディガンをバッグから取り出しながら、通路の向かい側の席に座った赤地に白いユリの模様の浴衣を着た若い女を眺めた。その隣の短いスカートを穿いたもう少し子どもらしい印象の連れにしきりに何か話していたが聞きとれなかった。札幌の高校生が皆で海へ行くのだろうか。今日はお祭りでもあるのだろう。緑や赤の浴衣を着た若い女の二人連れが多い。

まもなく右手に海が見えてきた。「海を見る」ためには白い帆を掲げたヨットや海水浴客のビーチパラソルなどが視界に入ってこないほうがいい。快速エアポートから見えたのは海だけだった。赤い浴衣娘の向こうに水平線が続く。

せめて五年に一度くらいは列車の窓から水平線を見るべきだ。そしてカメラではなくノートを取り出してこんなふうに詩を書きつけるのだ。

めをさますと
あなたのことを考え、考えるので
わたしはついに乾いたメザシになってしまった
なんて残酷な愛のお話だろうか
哀れなメザシよ、海へ還ろう

ここでしばらく考えてみても海はただ漠然と拡がっているのでノートの頁をめくってしまう。

東京の地下鉄のような限定できない無数の選択肢の絡み合いの端にいては
もういっぽうの端を予測することなど誰にもできはしないのだから

友子はこの二行を書いてみたがすぐに大きなバツ印で消した。

快速エアライナーには端と端があるだけだった。友子のような東京からの観光客にとっても、それ以上の選択肢などどこにも潜んでいなかった。ひとつの端は新千歳空港でもうひとつの端は小樽駅だった。途中の札幌駅で下車しない理由は、友子は最近の小樽運河を見に行く観光客なので、運河沿いのホテルまで予約していたからだった。

ガイドブックの地図を眺めると、北ホテルは駅から少し遠いように見えた。友子はその地図の縮尺が把握できなかった。この駅から海の見えるところまで行くのだから、きっと徒歩では無理だ。それにカメラや長袖シャツや携帯スリッパまで詰め込んだナイロンバッグはかなり膨らんでいた。小樽駅の構内に吊り下げられた小さい電飾のランプを見上げていちいち感嘆してから、友子はタクシー乗り場に向かった。

「北ホテルまでお願いします」

タクシー運転手は無言で車のドアを閉めてすぐに走り出した。きょうはお祭りですか、混んでますねと友子は言ってみたが、運転手は特に何も言わずに目的地へとハンドルを切った。気がつくとそこはもう北ホテルの車寄せだった。運転手はメーターの表示した金額を棒読みして、三〇〇円のお釣りをていねいに数えて友子に渡すと、またすぐに車のドアを閉めて走り去っていった。

友子はフロントで自分の名前を用紙に書き込み、紺色の制服を着た女性から船室の鍵のような大きくて重い鍵を受け取り、ナイロンバッグをカートに載せてエレベーターまで運んでもらった。それではご案内させていただきますと北ホテルのフロント係は静かにエレベーターの扉を閉めた。お部屋は五階の運河側になります。エレベーターが停まってドアが開くと、フロント係はカートを押しながらミルク色の壁に挟まれた廊下を二回曲がった。重い鍵をまわす音に友子はいくらか緊張した。こちらオートロックになっておりますので。フロント係は窓のカーテンを開けた。もう夕方で外は暗くなりはじめていることに友子は気づいた。こちらが洗面所です、冷蔵庫には何も入っておりませんのでよろしかったらエレベーター近くの自動販売機をご利用下さい。なにか御用がございましたらフロントは九番ですので。

フロント係が出ていくと、友子はすぐに靴を脱いで備えつけのスリッパに履き替えたが、どうしても紙スリッパを履いているような感触だった。大きなテレビの脇に赤と白の大きな紙コップがあって〈コーヒー三五〇円〉とこれも大きな字で書いてあった。焙じ茶のティーバッグはサービスのようだったので、友子はポットのお湯を白い湯呑みに注ごうとしたが、ボタンを押し続けてもお湯が出ないので試しにポットを傾けてみるとやっとお湯が出てきた。いくらか中途半端な部屋だけれど、夏の観光シーズンに観光地を訪れたのだからこんなものではないだろうか。友子はベッドの端に座ってお茶を飲んだ。五〇九号室はベッドやテーブルなどの家具を備え付けたワンルームマンションの一室のような印象で、さらにドアを細めに開けてみるとミルク色の廊下を家族連れが賑やかに通っていくのが聞こえたので、友子はますます中途半端な気持ちになったが、それでも部屋が広いのはいいことだしホテルの入り口にはステンドグラスまで嵌まっているのだから、ともかく外へ出てみることにした。そしてあまり清潔でない感じのスリッパを脱いで靴を履き、重い鍵とハンドバッグを持ってその部屋を出たということは確かである。

小樽観光促進協議会が発行した〈OTARU　COLLECTION〉という小冊子のなかの観光地図によれば、小樽運河には名前のある橋がいくつも架かっている。北浜橋、旭橋、月見橋、龍宮橋、中央橋、浅草橋、境浜橋、高島橋、妙見橋、など。この境浜橋という橋は道路に沿って走る自動車道の一部分で、ここで運河は折れ曲がって幅の狭い川に続いているらしい。そこはもう小樽運河ではないのかもしれない。友子が北ホテルのフロントで手に入れたべつの観光ガイドマップ〈OTARU TOWN MAP〉で眺めてみたところでは、小樽運河を自動車道から小樽港に向かって渡る橋は龍宮橋と中央橋と浅草橋だった。ホテルの友子の部屋の窓からは、道路と運河の向こうに〈北日本倉庫港運会社〉という文字の並んだ倉庫とその青い屋根が見えたはずだし、自動車道から続く中央橋の向こうに港湾局のレンガ色の建物が見えたかもしれない。ところがもう夕方の六時で運河沿いの散策路にはガス灯を模した明かりが点っていた。その明かりは暗い運河の水にも映っていたし、倉庫からもみやげ物屋の明かりが漏れていた。あちこちに祭りの提灯が灯っている町をいったん運河と反対のほうに、寿司屋通りというわかりやすい名前の通りに向かって財布の入ったバッグを提げて消えていった友子が、また運河の近くに戻ってきた頃には、〈潮祭り〉という幟がはためき桃色の提灯が揺れている通りを人々がぞろぞろと海の方角に向かって歩いていくところで、橋のたもとでは空の人力車を牽いた男が浴衣娘たちの前をふと横切っていった。ここはきっと浅草橋という橋ではないかと友子は人力車夫の法被と桃色提灯の櫓を眺めながら思ったが、友子の行ったことのある浅草よりもずっと通りが広かったし、舗道の石畳は草履より靴を履いて歩くのに適していた。浴衣娘たちも家族連れもカップルも子どもたちも桃色提灯とガス灯の明かりのなかをゆっくり埠頭へと向かって歩いていた。屋台が出て焼きイカやアイスクリームやビールを売っていた。人々はきわめてゆっくりと進んでいた。空は曇っていた。ときどき小雨が友子の顔に落ちかかってきた。どこまで行けば花火が見えるのかわからなかった。

橋を渡って四角い建物の上のほうに赤い見知らぬ文字で何か書かれた横断幕を見上げたとき、友子は感嘆符をひとつ発見した。そこで〈小樽の町にようこそ!〉という日本語のフレーズを想像してまたすぐに歩き出したが、おそらくはロシア語で〈親愛なる〉とか〈訪れる〉とかいう単語の後に感嘆符がひとつ、下の段の白抜き文字は〈小樽港湾管理局〉という、外海から港に入る船に対する感嘆符の発信者を示していたのだと思われる。花火は見えなかった。桃色提灯に囲まれた演台の下でマイクを握った女が歌っているのが見えて、まだ花火を打ち上げる時間でないこともわかったが、そのとき友子はずっと昔にやはりこんなお祭りに行ったことがあるような気がした。浴衣を着てポックリ下駄をはいて父親に連れられてカタカタと歩きながら、東京音頭と炭坑節のあいだの休憩時間に屋台に駆け寄って透明なプラスチックのコップに濃いピンク色のかき氷を注いでもらっている自分がそのあたりにいるかもしれないと思って見回しているうちに、これではホテルへ帰れなくなってしまうと気づいた。夕闇が濃くなっていた。

そこで友子はハンドバッグから黒い折りたたみの傘を出してまた橋のほうへと戻った。ガス灯は小雨に煙っていた。石造りの倉庫が観光用のレストランや輸入雑貨の店に改造されて人々で賑わっていた。その先に教会の十字架の先頭が光っていた。友子はビールを飲ませる店の前においてある大きな木の椅子に座ってみた。カメラを持った人たちや子どもや浴衣娘が通りの向こうがわを歩いていた。いったいここで何をしているのだろう。友子は潮祭りの花火を見に来た観光客ではなくて、小樽運河と歴史的建造物の写真を撮ってガラス工芸の店に立ち寄りイカソーメンを食べて東京に帰る観光客だった。浅草橋と中央橋の区別はホテルの部屋でゆっくり〈OTARU　TOWN　MAP〉を広げて確かめればいいのだ。花火は雨で中止になったのかもしれない。

北ホテルに戻ってフロントで重い鍵を受け取ると、友子はホテルの売店の棚を見学した。色ガラスの箱や革のペンケースや大粒のキャラメルなどがあった。大きさも表情もまちまちな梟の置き物が並べてあったので、片目でウィンクしている胡桃ほどの大きさのを棚から持ち上げてみると、置き物の底は平たくなっていて友子の指先にちょうどいい窪みがあった。たいへん気持ちが良かったので友子はその左目でウィンクしている梟をしばらく指で撫でていたのだが、さらに見回すと右目でウィンクしている同じ大きさの梟を見つけた。その二つを並べてどちらかを買って帰ろうと考えていた。左目梟と右目梟がそれぞれ片目だけで正面を見ながら黙って並んでいるとき、友子の肩越しに誰かの手が伸びてきて、二つ並んだ梟のひとつをつかんでどうやら右目梟を指で撫でている気配だった。その手はまたそっと右目梟を棚に戻していった。あっけにとられた友子がようやく振り向いたときには、ホテルの重い鍵と膨らんだハンドバッグを持って売店を出ていく女の姿がちらりと見えただけだった。

五〇九号室の前で鍵穴に鍵を差し込んだとき、エレベーターホールから急いでやってきた誰かがミルク色の廊下を曲がって運河とは反対側の部屋に消えるのを、友子は視界の隅で捉えたような気がした。どうもいやな感じだけれど、部屋はオートロックだし、朝になればあんなものは消えるはずだ。

そのとき部屋の窓から夜空に金色の花火が上がるのが見えて、友子は嬉しさのあまりなにもかも忘れてしまい、自動販売機で買ったジンジャーエールを飲みながら夜遅くまで花火を眺め続けた。昨年、浅草で隅田川の花火を見たときには、友子は何か名前のある橋の上にたちどまっていたのだが、ひっきりなしに流れるアナウンスは「橋の上に立ち止まらないで下さい！」というもので、その放送は橋から橋へと反響して友子の頭にまで響いてきた。花火を見ているときに自分がどこにいるかなどと考えたことはないが、そのときは確かに東京の隅田川の花火大会を見物にきているのだなと思った。めまいを起こしそうなエスカレーターで深いところに降りていって地下鉄に乗って降りて階段を上っていってぽっかりと地上に出ればそのまま歩いて家に帰れる。所要時間は一時間とかからない住宅地に住んでいても、きっと生涯にいちどしかこんな橋の上に居合わせることはないだろう。その生涯にいちどが「橋の上に立ち止まらないで下さい！」なのだとぼんやり考えていた。会社の同僚たちは缶ビールを飲みながら立ち話をしたり花火を見上げたり、またアナウンスに追われてサンダルの踵を鳴らしてせっせと歩いていた。

小樽港の花火は長いこと空で丸く拡がってゆっくりと消えていった。最後の花火が夜の闇に消えていくのを見届けた後、友子はナイロンバッグからパジャマを出して着替えた。寝るには少し早い、と思ったことは覚えている。

運河に沿った石畳の道はガス灯を模した灯りでぼんやり照らし出されていた。霧がかかったような見通しの悪い道にときどき二人連れや数人の人影がなにかひそひそと言い交わしながら浮かびあがり、また暗闇に消えていくのを友子は見ていた。運河の黒い水面にいくつもの灯りが映って誰も気がつかないほどこまかく揺れながら、だんだんこちらに近づいてくるようだった。浅草橋から中央橋へと運河の水面の灯りはさざめきながら移動し始め、まばらな人影は逆の方向へ、中央橋から浅草橋へと靴の音もたてずに歩いていく。ここが浅草橋なのかそれとも中央橋なのかはやはりホテルの部屋で観光地図を拡げなければわからないけれど、眠るために帰っていく人々とは反対にガス灯の灯りはこっそりと水面を移動しながら海のほうへと向かっているらしい。とつぜん端のたもとに大型の車が止まり、大柄な黒い人影がなにか梱包された荷物を運び出し、運河沿いの倉庫のほうへ歩き出し、もう観光客のいなくなった輸入雑貨の店に消えていった。車が走り去った後、橋のまんなか辺りに人影が浮かびあがり、向こうから急いで歩いてきた女と擦れ違ってから消えてしまい、消えるまぎわにダッフルコートを橋の欄干に残していき、女はつくづくとそのダッフルコートに見入っていたがついに頭を振って歩き出し、橋のこちら側にやってきてこんどは友子の顔をじっくりと眺めた。そこで友子もその女の顔を眺めることになったのだが、どんなに目を凝らしてもその顔はよく見えなかった。灯りの翳になっているためにそこには顔があるのだということだけしかわからないのだ。女の髪の毛は友子より少し伸びていて、着ているカーディガンには確かに見覚えがあった。カーディガンの下には丈の長いレンガ色のワンピースが見えていた。友子はとても居心地が悪くなって目を逸らしたが、運河の水面は皺がよったようにいくつもの灯りを震わせていた。風が出てきたのかもしれない。

あのホテルのベッドは寝心地が悪いし、カメラは壊れるし、ほんとうにこんどの旅行はついていないと思ったら、という女の声が聞こえてきて、耳をふさぎたい気持ちになったが、そのとき橋の欄干からダッフルコートが空高く舞い上がって哄笑しながら北ホテルの上空を越えて街の方角へ飛んでいったので、友子とワンピースの女は思わず顔を見合わせた。顔がある、ということは誰にとっても確かに不確かなことだ。

わたしはああいうコートは持っていないし東京では着たことがないんだけど、あのホテルの部屋に帰ると誰かがわたしのパジャマを着て寝ているし、橋の上からダッフルコートの幽霊が飛んでいくし、何かが少しおかしいみたいなんだけどいったい誰のせいなのよ。

ふたりは同じことを言い合いながら、同時にハンドバッグを開けてホテルの鍵を取り出した。そして鍵の番号を確かめようとしてガス灯の下で身を屈めた。友子の鍵は五〇九号の鍵だった。つまり運河に面した部屋だ。すると女は慌てて自分の鍵をハンドバッグに押し込み、財布を出して中身を調べると、イカソーメンていうのはあまりおいしいものじゃないわねと強引に同意を求めた。

北ホテルの五〇九号室のベッドで友子が目を覚ましたときには、カーテンの外はもう明るくなっていた。とはいっても太陽がどこに隠れているのかわからない。そんな天気にはもう慣れている。地球上のどの場所に移動してもきっと同じだ。友子はカーテンを開けながらまだはっきりしない視線を港のほうに向けてからまた運河の周辺を眺めたが、変わったことはなにもないようだった。運河沿いの倉庫の青い屋根がこんどこそはっきりと見えている。そこで友子はパジャマから半袖のTシャツとジーンズに着替えてから、やはり少し肌寒いので吊るしておいたカーディガンを捜してクローゼットを開けたのだが、ハンガーには白いカーディガンの代わりに黒いダッフルコートがかかっていたので、急いで扉を閉めた。困ったな、と口に出して呟いてみるといくらか頭がはっきりしてきた。ここはホテルの部屋なのだから、クローゼットに誰かのコートがかかっていたとしたらフロントに電話すればいいが、お客さまそれではいかがいたしましょうかと訊かれたら、友子にはそのコートのことでなにかを決めるということはできそうもない。でもべつに困ることなんかなにもない、まず食堂に行って朝食だ、それから観光に出かけてしまえばいい。部屋に戻ってきたときにはあれは消えているかもしれない。そして低い引き出しの上で犬のように寝そべっているナイロンバッグのなかから長袖のシャツを取り出して肩からはおると、ハンドバッグと鍵を持って部屋を出たのだった。

北ホテルの食堂の入り口で友子はレンガ色のワンピースと擦れ違った。

「おはよう、佐々木さん。早く行かないと窓際の席に座れないよ。それにトマトジュースはもうなくなってしまったし、パンも売り切れ寸前。はやくはやく、急がないとまにあわないよ」

佐々木さん？

親しげに声をかけられた友子は振り返ってその女を呼びとめようとした。もしかすると誰かと間違えているのかもしれない。佐々木か清水か須田かなんていうことはたいていわからなくなってしまうものだ。それに今朝の遅刻は白いカーディガンを捜していたせいなのだから、ワンピースの上に白いカーディガンをはおっているあの女こそ佐々木ではないだろうか。しかし友子がぐずぐずとなにか思い出しかけたときには、もう食堂のウェイターに誘導されて明るい窓際の席につき、ハンドバッグを空いた椅子に置いたところだった。白いテーブルクロスの前に座ると、友子はたちまち佐々木のことを忘れて卵料理を注文してから、セルフサービスの飲み物を取りにいった。牛乳をコップに注いで残り少ないパンのなかからレーズン入りを選んでいると、はやくはやく、急がないとまにあわないよという声が甦ってきたので、売りきれる寸前のパンの箱を覗き込んだ高校生のように、すばやくパンをとって自分の席に戻ったのだった。佐々木、清水、須田とくれば次には瀬川がまた欠席で、高木は返事をする代わりに右手を頭の上で振り回して寝てしまい、津田は体育の後で疲れたからと早退したし、中村、野上、平石、と続いたと思うとまたいくつかの空席、たちまち午後の授業の出欠を確認する声は廊下側の男子生徒の上に移っていくのだが、友子は誰の名前も正確には思い出せないまま牛乳を飲んでいた。須田は確かにミチコという名前だったし、清水はバスケの選手だったが、瀬川のフルネームは思い出せるのにぜんぜんべつの名前でしか呼ばれていなかったことを覚えているだけだ。クラスの誰かが、あんなふうに細いリボンのベルトを結んで丈の長いワンピースを着ていたことがあっただろうか。その頃友子やまわりの生徒が着ていた服といえば、白やブルーのシャツブラウス、ウールのセーターやスカート、でなければポロシャツにジーンズやトレーナー、中学校の紺色の制服をそのまま着てくる者もいた。

ところがふと窓の外を眺めると《佐々木》がワンピースの裾を風になびかせながら、片手にハンドバッグをさげてさっさと中央橋を渡っていく姿が見えた。《佐々木》は運河の向こうがわの倉庫に向かって歩きながら、もう片方の手で小型のカメラをいじっていたが、カメラはさっきからその表示窓にバッテリーが切れたというサインを点滅させていた。倉庫を改造した海外からの輸入雑貨と古着の店のなかで、〈私服が巡回しています――小樽警察署〉という立て札に躓きながら、《佐々木》は高校の文化祭の模擬店をひやかすように店内を眺めて歩き、すぐに隣の倉庫へと通じる通路を見つけて、さらに東南アジアや中国の雑貨を見物し、それから教会の前を通って浅草橋の信号のところまで来た。ホテルを出て自動車道に沿って歩き出した友子は、ちょうどその頃浅草橋の交差点の広い通りを右に、つまり運河とは反対側に曲がったところだった。四角い石を積んだような歴史的建造物の写真を撮るために、友子は舗道を歩きながらハンドバッグを開けて小型のカメラを取り出した。

小樽郵便局の前を通りすぎたときには、友子のすぐ後ろを《佐々木》が歩いていた。友子が日本銀行小樽支店の建物をカメラのファインダー越しに覗いているうちに、《佐々木》は友子を追い越そうとしたのだが、曇った空を見あげるとダッフルコートが日本銀行のドームの周囲を飛び回っていたので、さすがに立ち止まった。友子は建物の角に設置された赤くて丸い消火栓を郵便ポストと間違えたまま熱心にカメラを向けていた。

「あれはずいぶん年代物よ」

友子は《佐々木》の声を聞いてももう驚かずにカメラのシャッターボタンを押して、だってあれは小樽市指定の歴史的建造物なんだからと答えた。そしてうまく撮れなかった丸屋根の先端を見上げると、そこになにか黒っぽいものがひっかかっていた。

「あのダッフルコートもかなり歴史的だと思うな。肘のところが少し破れているけど、修繕すればまだ着られるし、裏地も丈夫で仕立てがいい。だけどあのかたちと重さだとやっぱりあのコート掛けに掛かっているしかないでしょう」

そして《佐々木》はハンドバッグからノートを取り出してなにか書き始めた。カメラが使えないのでメモをとっているらしい。ダッフルコート、色は黒、裏地は化学繊維、国産品、うちあわせはダブル、ボタンがひとつとれかかっている、肘の部分が少し破れている、ポケットにも小さい穴、などと書いているのか《佐々木》は熱心にBの鉛筆をはしらせていた。紙に手で鉛筆を押しつけながら書くので、小指の曲げたところがすぐに汚れて黒くなっていく。友子は自分のカメラをハンドバッグにしまいこみながら思い出した。確か友子の高校時代のコートには衿の内側に細い鎖のループがついていてそのループをコート掛けにひっかけていたのだが、あとからやってきた誰かが自分のコートをそこに掛けようとしたので、鎖が切れてコートが教室の床に落ちてしまったことがある。きっとコートやカバンを壁に掛けておくためのフックが生徒の数の半分ぐらいしかなかったのだろう。でもコート掛けを共有するとコートの上にコートを掛けていくことになるので、いちばん先にコートを掛けた生徒は最後までそこに残っていなくてはならない。

丸い尖塔の上でダッフルコートが叫んだ。

「肘が破れて寒いんだ。こんなところに引っ掛かっていてもしようがない。まったくこんなところにいたってしようがないんだ。この銀行通りの銀行はどれひとつ営業していないんだ。もうずっとだ」

それからダッフルコートはばたくように空中に跳び上がった。

「さっさと帰っていまのうちに昼飯にしなさい、どうせすぐ日が暮れるから」

そこで友子はハンドバッグを持ちなおして歩き出し、ダッフルコートは小樽駅を越えて町と港が見下ろせる展望台へ向かって飛んでいってしまった。

マクドナルドの大型店舗に入っていくと空席ばかり目だったけれど、牛の検疫の問題に人々の利害が絡んでいるわけではなくて、やはり町の人口に比例して空いているのだろうと友子は考えたが、ポテトのSサイズを注文して、大きいガラス越しに通りが見渡せる席についたときには、ちょうど《佐々木》がわき目もふらずにマクドナルドの正面入り口の前を早足で通りすぎていくところだった。とりあえずひとりになれたので友子はいくらかほっとしたのだが、なんの迷いもなくマクドナルドに入ってカウンターでポテトのエス、などと発音するのは昼休みにパンを買おうと木箱のなかを覗き込んだらメロンパンしか残っていなかった日の午後遅く、ファーストフードの店で長居を決め込む高校生そのもので、《佐々木》をうまくまいたつもりだったのに、じつは自分のほうがこんなところに取り残されただけだと気づいた。油で揚げたポテトの切れ端を指でつまんで口の中に入れると妙に柔らかくて、今は高校生でさえこの油の原材料やジャガイモの栽培法についてなにかと詳しく批評がましい意見を口にするかもしれないが、ここにはほかに選択肢がなかったのだ。

それにしても、と友子はカウンターテーブルの上に〈OTARU TOWN MAP〉を拡げてみた。《佐々木》はワンピースの裾をなびかせて勝手に歩き回っていればいいのではないだろうか。夏に小樽まで来たのだから友子はほかのところに行ったほうがいい。運河の方角に戻ってみれば観光客向けの飲食店も見つかるのだし、ガラス工芸の店もまだ見学していない。やや青みがかった半透明のビールグラスから、ヴェネツィアンガラスのペンダント、正面から見ると紫色に斜めから見ると虹の七色に輝いているというガラス細工のキツネも飾ってあるらしい。営業していない銀行通りから空席だらけのマクドナルドに迷い込んで日が暮れてしまうということならば、東京のどこか狭い喫茶店で新聞でも読みながら夜を迎えるほうがましではないだろうか。観光地図にたちまちポテトの油の染みができたので、友子は慌てて指を拭いて立ちあがり、観光客らしくハンドバッグを整えてまた外に出ていった。

銀行通りをまた北に向かって歩き、ふたたび運河に沿って歩いていった。濁った緑色の水を湛えている小樽運河は、はしけが使われなくなったときにすでにその実際の役目を終えている。大型船の荷物はトラックがそのまま倉庫に運び込むのだ。運河は完全に埋め立てられる代わりに、水路の幅を半分に狭められて、町に近い〈公園〉と〈港湾〉に分かれて管理されている。〈公園〉の部分は整備された遊歩道に沿って花や電飾の灯りが並んでいるが、中央橋から北に向かって龍宮橋、北浜橋と運河沿いに下っていったところには、もう花や電飾はなくて、船が何艘かロープで緩く繋ぎとめられていた。その辺りに友子が佇んだのは午後の二時半頃だった。港湾局の管理下にある運河の北には、赤錆色の階段がずらずらといくつもこちら側に剥き出しにとりつけてある汚れたコンクリートの四角い建物や、丸い煙突を突き出して押し潰されたような工場が並んでいた。煙突からは煙が出ていたが、それらの建物にはひとの気配はまるで感じられなかった。運河の水の上に浮かんだ青と白に塗り分けられた小型の船は呑気そうに見えた。操業しているのかどうかわからないが、船にはランプがひとつ吊り下げられていた。その隣には海上保安庁の船も繋がれていた。橋の上では何人かの絵描きが運河とその向こうに見える町の風景を描いていた。白いパラソルをさしてその下で何枚もの水彩画を並べて売っているのを覗き込むと、ピンクやオレンジ、黄色などの明るい色彩が風景画を彩っていた。友子は橋の上から運河と町と遠い山を眺めたが、白い空の下、船も運河の水も町の建物も山の稜線もすべてが空と区別できないほどくすんで見えて、どこにもピンクやオレンジの色彩は見当たらなかった。面白いことだ、と友子は明色の水彩画と橋からの風景を何度も見比べたが、さすがにカメラを取り出しはしなかった。ここまで来てしまうと樽がばらけるような具合に手足や顔が解き放たれて、そのままずっと心地よく分散した状態でいられるような気がした。ピンク色の運河の向こうにほとんど色彩のない運河が水を湛えて広がっていた。明色が網膜に映り脳内に鮮やかないくつかの映像を生み出し、身体は色彩のない風景とともに拡がりながら、風に吹かれていた。

そのとき、背後から近づいてきたのはきっと《佐々木》に違いないと思って、ピンク色の運河とオレンジ色の町に向かって足音もたてずに歩き出すと、駅に行っても列車はないよ、レールが切断されてしまったからという声が聞こえて、それならばこの明るい色彩のなかに入っていってもう二度と戻らなければいいのだと友子は足を速めようとした。

「その先は危ないよ、夏の観光客が行くところじゃないよ」という誰かの声が聞こえた。

低い石垣の隙間に生えた草が友子の靴の下で滑っていた。画家たちの姿も消えて、黒味がかった運河の水にはさらに濃い影が映っていた。振り向けば《佐々木》が友子の腕をつかんでいるにちがいない。また連れ戻されるのは色彩のない世界だ。ここはもう小樽の夏の観光客が来るところではないというのだから、「橋の上に立ち止まらないで下さい！」というあの隅田川の橋の上に響いていたアナウンスに追い立てられるようにして、友子はゆっくりと身体の向きを変えると、そのまま運河に沿った石畳の道を歩き出した。

北ホテルのフロントで紺色の制服から重い鍵を受け取ると、佐々木友子は売店に立ち寄って、片目でウィンクしているフクロウの置物をもういちどふたつ並べてみてから左目でウィンクしているのと右目でウィンクしているのと両方をてのひらに載せてレジへと運んだ。店員はそれぞれ小さな箱にいれて簡単に包装した。売店の紙袋を提げて友子はエレベーターに乗り、五〇九号の自分の部屋に戻ってきた。

誰かが窓際のソファで自動販売機の缶コーヒーを飲んでいたらしく、テーブルの上にはコーヒーの空き缶と薄い青い表紙のノートと消しゴムつきのBの鉛筆が置いてあった。ノートを捲ってみるとどのページも空白だったが、裏表紙の隅に〈2―C　佐々木友子〉とひらべったい文字で横書きに記されているのが見つかった。灰色の細い罫線を眺めてから、友子は古びたノートを閉じてテーブルの上に戻した。このノートがなぜ空白なのかということは理解できなかった。佐々木友子はノートや消しゴムつきの鉛筆や一〇〇円のシャープペンシルや二重底になった缶ペンケースにしまっておける細い刃のカッターナイフなどのこまかい文房具が好きな生徒で、文字や数式で埋まらないページが半分以上残ってしまうと、そのノートをこんどは逆向きにして後ろから使っていた。そして学科とは関係のない落書きもした。

友子の高校時代はダッフルコートの前半と風よけジャンパーの後半に分かれていた。前半と後半とそのあいだ、というふうに三段階に分けてみると、佐々木友子はいつも〈そのあいだ〉にしかいなかった。ダッフルコートは袖も身頃もまっすぐに裁断されているのが特徴なので、家から地下鉄の駅まで自転車をとばすとなると、袖口から入ってくるつめたい風がコートのなかを吹きぬけていく。その風は背中に回り込み、正面から顔に吹きつける風と首のまわりで衝突を起こしてコートのなかから出られなくなってしまう。これは具合の悪いことのひとつではあった。高校に入って最初の冬に新しいダッフルコートを着たときには友子はまだ自分がなんとかやっていけると思っていた。けれども一六歳の年齢ではごくわずかの時間にあまりにも多くのことが起きる。翌年の五月には友子はもう学校には行かれなくなって、休学の届けを出した。しばらくの空白の後、トモコという高校二年生はササキさんと呼ばれる高校二年生になって、また地下鉄で通学を始めた。友子は袖口や裾の部分がリブ編みになっているジャンパーを着ることにした。そして自転車を停めて地下鉄の駅の階段を降りたところでその暖かいジャンパーを脱いだ。混んだ地下鉄の車内では暖かすぎてとても着ていられなかったからだ。まったくのところどうしてみてもうまくいかないことが多すぎた。佐々木、清水、須田と順番に名前を呼ばれても、清水と須田が知っているのはトモコではなく佐々木さんだったし、廊下で擦れ違う佐藤と関は佐々木さんではなくトモコのことしか知らなかった。ダッフルコートを着たり風よけジャンパーを着たりしながら、佐々木友子はいつまでも〈そのあいだ〉でもういちど高校二年生になるのを待っているというわけだ。

友子は大きく溜め息をついた。売店で買った梟の紙包みを解いて、胡桃大の梟をテーブルの上にふたつ並べてみた。左目でウィンクしている梟と右目でウィンクしている梟は、二羽ともこちらを見ていた。都会では鴉ばかりが増長するが、梟は一般に鴉の天敵である。東京の友子の家の近所では警備会社の訓練にあわせて朝から号令口調でカッカッカッカッと鳴く鴉、六月の曇天にはまだ伐採されないでいたわずかな樹木の上のほうでアガトモー、アガトモー、と声を震わせる鴉などに満ちていた。鴉の鳴き声にはいくら恵まれてもあまりうれしくないが、鴉の羽がすばらしく黒いのを見れば、友子も鴉の仲間になってアガトモー、アガトモーと鳴きたくなるときもあった。だから、今年の冬こそ、鴉のように黒いコートを着て歩いてもいい。そして空白のノートには詩を書けばいい。

また冬がきたらダッフルコート
（ピンク色のダッフルコート）
三羽の鴉が飛んでいく
（オレンジ色のダッフルコート）
友を求めて飛んでいく
（レモン色のダッフルコート）
友を求めて飛んでいく
アガトモー、アガトモー

もっともこんな詩は土産物の梟と同じで小さい魔よけの役割しか果たしていないだろうから、ギターを抱えて公園や駅前広場で歌ったり叫んだりできるように誰かにアレンジしてもらうしかない。

「だけどこの際、」

とつぜん片方の梟がきいきいした声で言った。

「ここでぼくたちが長いことしゃべるのはよくないからすぐに黙るつもりだけど、ぼくたちがほんとうにシマフクロウなのかどうか。これはぼくたちにとってはやはり重大な問題だぜ。シマフクロウというのは天然記念物で北海道にしかいないということになっているし主食は魚、鴉の雛のことなんて知らないよ。だけど観光土産としてホテルの売店に置かれている動物や鳥をかたどった小さい置き物ごときがさ、シマフクロウかそれとも別の種類の梟か、またぼくたちは梟にまつわるニンゲンの伝承や信仰や俗説、でなければ梟のイデアを体現しているのか、それとも粘土の素材に還元される物質にすぎないのか、なんて真剣に悩みだしたらいったいどうなると思う？　ぼくたちにそなわっているお土産品という実用の用途が台無しになるんだ。だからもう黙るし、ぼくたちとしてももうすぐ小樽の町から東京まで旅行ができて、どこかの家の棚や机の上に飾ってもらえればオミヤゲフクロウの役割をまっとうすることになる。いや、じつに嬉しいよ」

梟は雄弁に話を終えると友子に握手まで求めかねなかったが、友子はこの二羽の梟を区別することが難しかったので、誰かの残していったコーヒーの空き缶を捨てて、ハンドバッグとノートだけ持って部屋を出た。エレベーターでホテルの最上階に上がった。

エレベーターホールの正面には、北ホテルのバーのネオンが青く光っていて、かすかなピアノ曲のメロディーが聞こえてきたが、友子はすぐ左手に曲がって薄暗い廊下を歩いていった。そして運河とは反対側の非常階段の表示がある扉の前に古びた椅子を見つけた。椅子の座面は硬い革張りで四隅に鋲が打ってあり、まっすぐな背板は乾いてやや反り返っていた。湾曲した木製の肘掛けにはニスを塗りなおした跡があった。椅子は見捨てられたようにただそこに置いてあった。友子はその椅子に腰掛け、腕を肘掛けの上に載せて、しばらくのあいだ足もとの暗がりに目を落としていた。

その頃、《佐々木》は、北ホテルのバーでたいした屈託もなさそうにモスコーミュールを飲んでいた。夜のバータイムになってもお客はほかに誰もいなくてカウンターの向こう側で頭の禿げたバーテンダーはいくらか退屈していた。バーテンは《佐々木》の注文でアンチョビを載せたクラッカーを出して、運河と反対側の部屋は眺めがよくないからさっさと最上階のバーに上がってきたのだという話を聞き、もう一杯カクテルをサービスしてやることにした。どうもありがとう、やっぱりモスコーミュールがいいわ、レモンを大きく切ってグラスの縁に挟んでね。カウンターの上に置かれた二杯目のカクテルのグラスとともに、《佐々木》は廊下に滑り出た。

誰かが廊下を曲がってやってくる気配に友子は思わず顔をあげたのだが、薄暗い廊下を急ぎ足で《佐々木》がこちらに向かって近づいてきたので、なぜこの場所ではこんなふうに予想したとおりのことが起きるのかわからないが、こうした事態を解決するためにはどちらかがいなくなるべきだという考えは間違っていると思った。

「こうした事態を解決するためには、このホテルの運河とは反対側の非常階段の表示がある扉の前の古い椅子に座って、モスコーミュールで乾杯するのがいちばんいいのよ」

友子は黙ってグラスを受け取り、目の前で軽く持ち上げてみた。

櫛型のレモンと同じ形の月が夜空に上がっていき、扉の向こうには昨夜の花火がもういちど金色の細かい雨のようにスローモーションで拡がっていき、その映像が繰り返し交錯したあとで、一瞬の海の情景が現れた。潮の匂いがする風が吹いていた。北ホテルは一艘の客船となって航海に出ていくところだった。振り返ると埠頭の突端で船を見送る人々の群れがみるまに小さくなっていき、空になったグラスがいくつも友子の頭越しに海へと投げ捨てられ、誰かがギターを弾いているあたりで歌ったり騒いだりする声が聞こえてきた。…皆さん今夜はアガトモ楽団の演奏をお楽しみ下さい、アガトモ楽団は二〇〇一年に東京で結成されました、以来このような鴉の羽根の衣装で各地を巡業いたしております。それでは彼らのヒット曲ダッフルコートラプソディー、作詞作曲はトモコ&ササキオールディーズ、さあ皆さんもご一緒にアガトモダンスを踊りましょう、ワン、ツー、ワンツースリーフォー！　…また冬がきたらダッフルコート、オレンジ色のダッフルコート、レモン色のダッフルコート、アガトモー、おおアガトモー！　乗客の笑い声が潮風で粉々に砕かれて海の上に撒き散らされ、友子はモスコーミュールのグラスを飲み干してしばらくデッキに佇んでいたが、音楽が騒々しいので船室に下りることにした。

五〇九号室に戻ってクローゼットを開けると、黒のダッフルコートは消えていた。コートが掛かっていたハンガーには夏の白いカーディガンが掛かっていた。

翌朝、佐々木友子は北ホテルをチェックアウトして、大きなナイロンバッグを肩にかけて新千歳空港へ向かった。

帰京

帰りの飛行機のなかで夕方の雲を眺めているうちに窓の外はたちまち暗くなり、イヤホンで音楽放送を聴こうとすると、選曲のための銀色のボタンに手も触れないうちにモーツァルトのクラリネット協奏曲が流れてきた。そして私は眠りに落ちていった。

機内にアナウンスが響いた。ただいま東京の上空にさしかかりましたが、たいへん気温が高くなっているために、乱気流が発生しております。このためなかなか着陸態勢に入れません。機内は少々揺れますので、お席にお座りになって必ずシートベルトを着用してください。わたしたち乗務員も全員着席いたします。

私は目を覚まして、この飛行機が羽田空港に向かって飛んでいるのだということを思い出した。空港の明かりが遠く見えていた。

着陸態勢に入ります、シートベルトをいまいちどご確認ください。機内に再びアナウンスが流れて、乗客はみな静かにそれぞれの着陸態勢に入り、私も眠気を振り払って腕時計を見た。羽田空港から京浜急行に乗ってさらに品川でＪＲに乗り換え、家につく頃にはもう九時近いだろう。まもなく飛行機は空港の滑走路に滑り込み、私は座席の下から形の定まらないナイロンバッグを引きずりだした。

気がつくと空港の地下の巨大な四角い空間を私はひたすら歩いているところだっ

た。セルフサービスの店に立ち寄ってオレンジジュースを注文し、都会の慌しいテンポで財布から小銭をつかみ出してレジに放り出し、甘すぎる液体の入ったコップを受け取ってストローで飲んだ。そのあと私はまたかなり長いあいだ眠っていたように感じた。パンは売り切れてしまったのだな、と思った。夏の白いカーディガンは夏服というよりは洗いざらした古いシーツのようだった。いつまでもこんなところにはいられない。電車に乗らなくてはいけない。

品川行きの電車のホームに向かってナイロンバッグを肩にかけて歩き出すと、地下のホームは銀色に光って明るい夢のなかを泳いでいるようで、来合わせた電車に乗っている人々にもほとんど現実感がないので、ともかく東京に帰ってきたことは確かだとかえって安心して、私は夏の夜の電車に特有のニオイを嗅ぎながら、ナイロンバッグを床に投げ出して薄く紫色に光っているシートに座って品川へ向かっていた。ふと顔をあげると色とりどりの安いTシャツを着た何人かの学校の生徒が向かいのシートに固まって座り、喋ったり笑ったりペットボトルの水を飲んだりしていた。でもそれって登校拒否の時代じゃないい、と語尾を器用にひきのばしながらサンダル履きの男の子が肌を剥き出した女の子になぜか嬉しそうに笑いかけ、そうだよそうだよと言い合いながら皆でひとつの携帯電話の青い画面に見入っているので、電車のなかでは何が起こっても不思議ではないものの、私は妙な気分になってナイロンバッグを確かめてみるともう品川に着いていた。

とりあえず海
メザシのアタマのままで
わたしはどちらかといえば海のほうへ
学校恐怖症のメザシたちは品川の海には帰れないけれど
学校恐怖症のメザシたちは品川の海には帰れないけれど
携帯電話の青い画面に表示されるくらいなら
このメザシのアタマでまたあなたのことを考え、考えながら
京浜急行に乗っているほうがずっとマシというものだ

私は品川駅でＪＲに乗り換えるためにとても急いで降車したので、この詩をノートに書いている時間はなかった。

靴下編み師とメリヤスの旅

私鉄の駅の近くにあるとても小さいパン屋には腰掛けることのできる席がぜんぶで四つあった。昼にパンを買いに来るお客がいなくなると、私はいちばん奥の席に座ってうつむいて編み物をしていた。窓ガラス越しに秋の街路が見えていた。

そこへ白髪の女が店に入ってきてカウンターで小豆の入った白い丸いパンとそっけない白いカップに注がれる紅茶を注文して右隣の席に座った。私は編み物から顔を上げずに、午後のパン屋の狭い店内でははた迷惑だと言われそうな五本の編み針を、できるかぎり両手で覆うようにしながら動かし続けた。

けれども、右隣に座った女が話しかけてくるのではないか、と思ったときからもう物事は静かにはじまっていた。四本の針に均等に分けた編み目を数えることができなくなったと思ったときには、右手の緩い掌をあっというまにからっぽの編み針が一本滑り落ちていって音をたてて床の上に転がった。

すみません、と言いながら私は右隣のほうへ腰をかがめて、木製の編み針を拾い上げた。だから、最初に口をきいたのは私のほうだということになるだろう。

「何を編んでいらっしゃるの？」

このとき私は初めてまともにその女を見た。白髪を耳の下あたりで無造作に切り揃えて水色のカーディガンを着た年とった女だった。口元だけでなく目の周囲にも笑みを浮かべてゆったりとそう訊かれると、こちらも無愛想な態度はとれなかった。

「これは、靴下なんですよ。思ったより難しいんです」

私は編み物を両手でまとめて、その下に拡げた手編み靴下の教科書を示した。

「ああ、靴下なのねえ」

水色のカーディガンの女は納得したように何度か頷いた。

「わたしも編み物は好きなんだけど、最近は根気が続かなくてねえ」

こんなところで靴下を編むなんて変だ、というニュアンスはどこにも感じられなかった。考えてみれば誰が何を編んでいようと誰も大して気にはしないだろう。たかが編み物だ。そして、古代のエジプトでさえ誰かが指の分かれたソックスや人形の帽子などを編んでいたわけだ。それらはすべてメリヤス編みである。

「ここのところがとても綺麗ね、赤と紺と細い鎖のようになって」

その女はあいかわらずゆったりとした口調で、編みかけの靴下の、教科書によれば〈カフス〉という部分を指さした。履いたときに足首より上にくる筒型のところだ。

「はい、これはキヒノヴィッツという編み方です。エストニアのキヒノ島という島に伝わる編み方だそうです」

私は靴下学校の一年生とでもいう態度で妙に一生懸命になって答えた。

「きーの？」

彼女の耳が遠いのではなくてこの編み方の名前が発音しづらいことに初めて気づいた。編み物の世界は黙々としている。少なくとも私にとっては発語とは無縁だった。

「キヒノ島っていうところです。エストニアに行ったことはないですけどね」

「そう、難しそうな編み方ね」

棒針編みの基本はメリヤス編みやゴム編みやガーター編みなどだが、ほかのどんな編み方も結局はメリヤス編みの表編みと裏編みの組み合わせだと言ってもいい。だから〈キヒノヴィッツ〉もじつはそれほど難しいわけではないのだが、見た目はなかなか華麗なカフスを形作っていた。私は新しいことを始めるときはたいてい熱心なのだ。そして気をよくして次第にお喋りになっていった。もう長いこと話し相手がいなかったような気がした。

「この部分よりかかとが難しいんですね、靴下って。初めて知りました。でもこの本を見てその通りにやっていったらなんとか編めましたよ。かかとが出来てくるときがとても嬉しいです。いま編んでいるのは右足です。つま先までくるとまたちょっと厄介ですね」

水色のカーディガンの女は何度か頷いてから、

「靴下の構造がよくわかるように書いてあるんでしょうね、その本は」と言った。

構造、という言い方には、なぜか編み物や手芸の好きな年とった女たちのイメージを裏切るものがあって、学校の先生のような仕事をしていたひとなのかもしれないな、と私はぼんやりそんなことを思った。

靴下の教科書は町の本屋の手芸本のコーナーで見つけたのだが、確かに靴下の構造についてよくわかるように書かれていて、写真も豊富で綺麗だったからつい買ってしまった。手芸の本はなるべく買わないで図書館で借りようと思うのだが、私には最近あまり図書館に行きたくない理由があった。そして家には靴下を編むための細い五本針はなかったし毛糸も古いごく太いものしか残っていなかったので、バスに乗って手芸店まで出かけていった。それから、私は靴下を編み始めたのである。

水色のカーディガンの女は町の図書館が貸してくれるナイロン製のバッグを持っていた。

「図書館にはよく行かれるんですか」

「家にばかりいてもつまらないし気が滅入ってね。シルバーパスを貰ってバスが無料になったので最近はよくバスに乗って出かけるの。図書館はこちらのほうのは小さいしあまり新しい本がないわよね、バスに乗って大きい図書館に行ったほうが気持ちがいいわね。わたしは図書館でミステリをどっさり借りてきて毎晩読んでるの」

よく磨かれた正面の窓ガラス越しに私鉄の駅が見えていて、町の図書館はその向こう側にあった。図書館は今年の春から民間の会社によって運営されていた。都内の区立図書館の運営を手がけている会社だ。私はこの春にその会社がこの地域でパートタイマーを大勢募集しているのを知って、履歴書を書いて春の嵐の日に地下鉄に乗って都心のほうの会社に面接に行った。司書の資格は持っていなくてもいいということだったが（なにしろ資格手当てはわずかに時給が一〇円高いだけなのである）、年齢のことがあるからだめだろうと思った。四〇過ぎの女なんか雇うと、たいていは三〇代の業務リーダーがやりにくいからだ。どちらにしてもパートタイマーであることに変わりはないわけだが。面接官もおそらくは正規雇用ではない私より若い女性で、図書館の仕事の大部分は座り仕事ではないんです、重い本を運んだり棚に戻したりする仕事で手首を痛めたり腰を痛めたりすることがあるし本の汚れや埃のためにアレルギーや喘息を起こすひともいますがそうしたことは大丈夫ですかと訊かれた程度で、「地域に貢献したいと思う」とか「英語とロシア語は少し読める」とか私が履歴書に熱心に書いてみたことはもちろん何も問題にはされなかった。接客業の経験はありませんかと訊かれたが私にはなかった。最後に一人暮らしですかと訊かれたので、母親と二人ですと答えて和やかに面接は終わった。三月末までには必ず連絡するといったその会社からは四月になってから郵便で断りが届いた。

私はべつにがっかりしたりはしなかった。そしてほかにも自分のような人間を雇いたがらない会社はたくさんあるだろうと思ったので、校正の資格を取るために夜間の学校に通い始めてそれは六月まで続いたのだが、梅雨時の気候がとても悪かったので夏風邪をひき、熱が高かったので近所の医者が抗生剤を出した。三日間服用すると七日間効くというよく意味がわからないふれこみの抗生剤を三日間服用すると下痢が始まり、気がついたときは持病の潰瘍性大腸炎が急に悪化していた。それが七月で、もう校正の学校どころではなかった。母親にお粥を炊いてもらって、かかりつけの大学病院に行ったところ、年とった医者は退職してべつの病院に異動していたので若いほうの医者に紹介状ととりあえず下痢止めをもらって帰り、また都心のほうの病院の予約をとった。血液検査では炎症反応がでていないというのに下血はハッキリ始まっていて、毎年のことだがこの夏もひどい暑さだったから家の外にはとても出られず、お粥は嫌いなのでうどんをやわらかく煮てもらったり自分でジャガイモの味噌汁を作って牛乳を少し入れてみたりして食べていたが、どうしても元気は出なかった。

八月になって都心の病院にしばらく入院することになり、アメリカ帰りの医局長にまたステロイドで治療するのはよくないから新しい治療法を試したほうがいいと言われて説明も受けたのだが、私はもう〈新しい〉といわれる薬や治療法をあまり信用しなくなっていて、早く下痢が治まらないとくたびれてしまう、ステロイドの内服で治療したいと言いはったので、骨がだめになって将来大腿骨がポッキリ折れたりしたら寝たきりになってしまいますよなどとさらに脅かされもしたのだが、ともかく八月の末にはさっさと退院してきた。〈将来〉のことなんてもういい。結果的には痛いことも苦しいこともなくてただ嫌いなお粥を食べてごろごろしているだけ、という退屈な入院だったので、私はベッドの上でこの夏の記念としてタコ糸でミニチュアの帽子を編んでみた。そして帰りに着替えやタオルやマグカップを押し込んだキャリーバッグの取っ手にぶら下げてタクシーに乗った。

そんなわけで、今年の秋は少しずつステロイドの内服薬を減らしながら様子をみるしかなかった。もっとも秋という季節がまだ現実に私たちに澄んだ爽やかな空気をもたらして赤や黄色の木の葉を降らせてくれるというなら、〈人生の秋〉というような修辞にもいくらかの救いがあるのだが。地球温暖化のせいなのか秋という季節が銀の留め金のついた黒いレースの傘をステッキ代わりに日曜の朝に歩いてやってくるようなことはもうないのだ。残暑はまったくひどかったので私は下痢が治まってもあまり元気は出なかった。

そうして、靴下を編み始めたころには、もう一〇月の半ばだった。

水色のカーディガンの女は、丸いパンを少しずつちぎって食べ終えるとカップを上品に持ち上げて紅茶を飲んだ。

「編み物の邪魔をしちゃったんじゃないかしら。でもその靴下がとても綺麗だったものだから。昔、仕事の都合で海外にいたときにそこで知り合ったひとが編み物を教えてくれたのよ。彼女はとても手早くて、アラン模様のセーターを編んでくれてね。そのセーターはいまも大事にとってあるけど、わたしはどうも不器用ででこぼこのマフラーぐらいしか編めなかったわ。だけど編み物ってミステリみたいよね。少しずつ針を動かしていくといつのまにか不思議な模様が浮き上がってきたり思いがけない編み地になったりするでしょ。それがまたほどけば一本の糸に戻るわけだから」

「ええ、ほんとうにそうですね。アラン模様はなかなか難しいです、縄編みや交差編みを失敗してわけのわからない編地になってしまったりしますよ。あれは、ジグザグとか生命の木とか三位一体とかそんないろいろな名前の模様があるんですよね」

「そうね、アラン諸島ってとても寒いところでしょう。北の海に出ていく男たちの無事を祈りながらああいう模様のセーターを編んでいた女たちがいて、その模様が世界中のニッターを魅了したというわけね。あの模様はよく見ると本当に凄いのよね、ぞくぞくするような感じがして、それが古いミステリを読むときにそっくりの感じなの」

水色のカーディガンの女はまたにっこりしてナイロン製の図書館のバッグを軽く叩いてみせた。

「どんなミステリを読むんですか?」

「古典的なミステリよ。たとえばね、はじめてお会いした方が靴下を編んでいるとするじゃない。そうするとあなたはもしかすると左利きなんじゃないですか、なんていうふうに初歩的な推理をしたりするのよ」

「ええ、わたしは左利きです、でもニッティングというか棒針編みは右手でしますよ」

私は目の前の筒状の編み物を手にとって、さきほどまで編んでいた部分にかかっている二本の針を右手と左手で軽く握って小さく動かしてみせた。右の針で左の針にかかったループをひっかけてそこから新しい糸を引き出す。これで一目編んだところだ。

「そうよね、だから確かめてみたくなったのよ。あなた、クロッシェはどう、かぎ針編みはどちらの手で編むの？」

「かぎ針は左手です。子どもの頃に遊びながら覚えたのでどうしてもそういうことになってしまって。左手で編み物をすると困るのは、本や雑誌の編み図を頭のなかで反転させなければならないんです。かぎ針でもアラン風の模様を浮き上がらせることってできますよね。でもあれをやると長々編みの引き上げ編み二目交差とか、そんなのを裏側から編まなくてはならなくなってしまうんです」

「ながなが？」

「ながながあみのひきあげあみふためこうさ、こんな編み目記号ですね」

私は右手のひとさし指を軽く曲げて下に向けて見せた。

「それはまた編み物が嫌いになりそうな長々しい交差編みね。それを裏側から編むことなんてわたしにはできそうもないけど」

「わたしも半日落ち込んで、かぎ針の模様編みはあきらめました。だけど左利きのための編み物の本を出してほしいですよ、左利きはおおぜいいるんですからね。糸の撚りの向きがそもそも逆になるので左利きの編み物は汚くなってだめだというひとまでいるらしいんですけど、おかしいですよね、そんなの」

私は日頃誰にも聞いてもらえない不満をこの水色のカーディガンの年とった女に訴えてみた。さらにこの女性にミズカさんという仮の名前をつけることにした。

「糸の撚り、ねえ、なるほど」

ミズカさんはおかしくてたまらないというように目で笑いながら、片方の手を持ち上げて親指と人差し指で輪を作ってみせた。

「そういうことを言いたがるひとって、どこに行くにもルーペを持ち歩いてこうやって覗き込んでいるんでしょうね。だけど、右利きのひとが表を見て編むところをなぜ左利きのひとが裏から編むなんていうことになるのかしら」

そしてミズカさんはしばらくのあいだこめかみのあたりに指先をあてて考えていたのだが、やがて白いカップに残った紅茶をひと口飲むとこう言った。

「かぎ針編みは端まで編んだらひっくり返してこんどは裏を見て編むわね。おそらく右利きのひとのために描かれた編み図では、奇数の段が表ということになってこちらに模様が浮き出るようになっているのよね。最初の作り目はべつとして、次は奇数、その次は偶数。偶数の段は裏側を見て編むことになる。とすれば、どこかでこの奇数と偶数を入れ替えるしかないわね。端のところで細編みを一段余分に編んでしまうとか、そんなのは姑息なやり方かしらね」

「いえそんなことはないと思いますけど。でも、いろいろ試してはみたんですけど、かぎ針編みでは複雑なことはしないほうがいいみたいです」

そう、タコ糸でミニチュアの帽子を編むぐらいが無難なのだ。

私は子どもの頃にかぎ針編みを教えてくれたカヨおばちゃんのことを思い出しかけていた。カヨさんは、母親の仕事が忙しかったので、家の家事を手伝いに来てくれていた年配の女性だった。白い太い毛糸で編んだ袋を持っていてそのなかに編み物の道具を入れていた。暇があるとその袋からなにか編みかけているものを取り出しては編んでいた。ほらこれが鎖編み…これは細編み…立ち上がりを編んで…これが長編み。白い割烹着をつけたカヨさんの姿をいまでもぼんやり思い出すことができるのは、カヨさんとかぎ針編みがいつもどこかで結びついているからだ。私が学校に上がってしばらくするとカヨさんはやめてしまって、私は泣いた。カヨおばちゃんはもう家に来ないのだ。病気になったのかもしれない、もしかすると死んでしまうのだろうか。けれども私はもちろんまもなくカヨさんのことを忘れた。左手で覚えたかぎ針編みもそれ以上習得しようと思ったことはなかった。

「かぎ針編みは編地がぶあつくなりますし、なんとなく野暮ったいように感じてしまうんですよ。サクサクと編んでいると楽しいと思うときもありますけど、平たい四角い鍋敷きでも編んでそれで終わりにしてしまいます」

後になって聞いたのだが、カヨさんは若い娘時代に、私の父親の家で、当時の言葉で言う女中さんのような仕事をしていたらしい。それは父方の祖父母の家が東京の大森にあってまだそれなりに羽振りのよかった頃の話だから、戦争が始まるより前のことで、父親はまだ幼かったはずだ。カヨさんは佐渡島の出身で、私にも佐渡の話をしてくれた。佐渡はとてもよいところで、トキというそれはもうとっても綺麗な鳥がいて、海岸では糸を垂らすだけで蛸がいくらでも釣れるんですよ…。

かぎ針のほかには、父親が私に左利き用の小さいナイフを買ってくれたので、私はそれを使って木の枝やそのほかのいろいろなものを削って遊んでいた。そしてその頃、父親は甲状腺の病気になり、勤め先の大学を休職しているあいだに木材を使って箱をいくつか作り、蓋につる草の模様を彫りこんで彩色していた。父親の周りにはいつも木屑が散らばっていた。

戦争が終わった頃、疎開先の長野県で職人になりたいと思ったのだと父親は私に話した。

「どうしてならなかったの？」

父親は子どものように口をとがらせた。

「親父が邪魔したんだ」

両親とも右利きなのに私が左利きなのは、写真でしか顔を知らない父方の祖父がじつは左利きだったのではないかという話もあったので、私は興味深くその続きを待っていたのだが、父親はまたふいと削りかけた箱のほうを向いてしまった。カヨさんはもうその頃には家には来ていなかったかもしれない。

けれども目の前のミズカさんは、私の遠い記憶のなかのカヨさんとはまったく違った雰囲気を持ったひとだったので、私はなんだかかぎ針にまつわる古い毛糸のようなこうしたことを知られたくない気持ちになった。もちろん、こんな話をする必要はないわけだけれど。

そのときパン屋の扉が開いて、帽子をかぶった若い母親が子どもを連れて入ってきた。泣き声でぐずぐずとなにか言っている半ズボンの男の子に、ほらパン買ってあげるから好きなのを取りなさいとトングを渡し、自分は家族のための角切りの食パンを棚から取ると、カウンターに向かってお願いしますと大きな声を出した。男の子は籠のなかから干しブドウで目をつけた亀のかたちのパンをトングでつかみとろうとして床に落としてしまってまた泣き出しそうになり、若い母親はすいません落としちゃったんですけどとまた大きな声で言い、パン屋の店員は冷静にいいですよそのままにしておいて下さいと言って、籠から亀のかたちのパンをひとつ取ってハトロン紙で包んで食パンと一緒に紙袋に入れた。

若い母親が男の子の手をひいて慌ただしく出ていくと、首を曲げて一部始終を観察していたミズカさんはこちらを向きなおった。

「だけど利き手で編んだほうがやっぱり気分がいいものじゃない?」

「ええまあ、それはそうなんですけど。あ、それでどうしてわたしが左利きだとわかったんですか、やっぱりこれ、ですよね」

白いカップの取っ手とティースプーンの柄が左側を向いているのを私は指し示した。

「そうねえ、右利きのひとが右手に鉛筆を握っているとすると、いったんその鉛筆を置いて、たとえば消しゴムを同じ右手で取ったりするものなのよ。もちろん、右手の鉛筆で何か書きながら左手でティーカップを持ち上げることもありえるけど、その場合でもたぶん使ったティースプーンは柄が右に向いてるんじゃないかしら。でも確信がなかったから、聞いてみたようなものよ」

「すごいですね、カンがいいんですよ」と言いながら、私はこのミズカさんにほかにもいろいろ見透かされそうな気がしてきた。たとえばあなたは潰瘍性大腸炎の持病があるでしょう、ステロイドで治療するのはあまりよくないわね、などと言われたらどうしたらいいだろう。それから父親が数年前に亡くなっていまは母親と暮らしていることや、司書の資格もないのに図書館のアルバイトに応募したこと、そしてかぎ針編みを私に教えたカヨさんのことなど、そんなことまで知られてしまうような気がしてきた。それはやはり避けたいので先手を打つ必要がある、などと私は考えた。

「あの、メリヤス編みのメリヤスって確かポルトガル語で靴下という意味のことばが語源になったとなにかで読んだことがあるんですけど、メリヤス製品は南蛮貿易で日本に初めてもたらされたらしいんです。それで水戸藩主の徳川光圀が用いた靴下が今でも残っているらしいんですよ」

「ああ、南蛮貿易でねえ。はき心地よきメリヤスの足袋、って江戸の俳諧にも詠まれているわよね」

「えっ、詳しいんですか？」

私はかなり驚いて聞き返した。

「詳しいって何に？」

「靴下ですよ、靴下関係。それにニット製品の歴史とか？」

「そんなことないわよ、悪いけど。俳句は確かそんなのあったな、と急に思い出しただけ。メリヤス足袋というのは靴下のことでしょ。メリヤスはスペイン語かと思っていたけど。で、その靴下ってどんな靴下なの、水戸黄門様の靴下は？」

やはり後手に回ったようだ。

「ええ、ですから、それをご存知じゃないかと思って。水戸黄門ってテレビで長いこと人気番組だったわけだから、それがどんな靴下か知りたいというひとは結構いると思うんですけどね。つまり、木綿だったのか絹だったのか、色はたぶんベージュのような色じゃないかと思いますが、白か黒という可能性もありますよね。それに足袋ではなく靴下ですから、それを誰が編んだのか、ポルトガルの靴下編み職人のようなひとでしょうか」

ミズカさんはついに腕組みをして考え始めた。

「そうねえ、誰がその靴下を編んだのか、となると謎めいてくるわね。でもそれが現存しているということならどこかで保存しているはずよ、靴下博物館とか水戸黄門記念館とか」

「えっ、靴下博物館なんてそんなのあるんですか?」

「まあ、あるとしたら、そんなところにね」

ミズカさんはゆったりと微笑んだ。

「機械編みだったということもありえますね、靴下編み機がイギリスで発明されるのが、えーといつ頃でしたっけ?」と、私のほうはまた余裕をなくしてしまった。

「いつ頃かしら、でもまだ少なくとも蒸気機関は発明されていないわけよ。動力化されていない機械編みの可能性もある、かしらね」

「いえいえ、やっぱり手編みだったと思うんですよ、わたしがそう思いたいだけかもしれませんが、江戸の俳諧に詠まれるような靴下が機械編みだったとしたらなにかこう風情がありませんよ。でもその頃だって機械編みのほうが目が揃っていてよい品物だと思われたかもしれませんね。まあいまに至っては編み物なんてたんなる手芸、趣味とみなされるだけですね」

「あら、世界には機械で編んだニット製品を身につけるのは神の御心にかなわないことだと考えているひとたちだっているのよ。そのひとたちは羊毛を紡いでセーターやマフラーをぜんぶ手編みするのよ」

ミズカさんは腕組みをほどいて、自分の着ているカーディガンを検分した。

「わたしは現代の日本に住んでいるからこんなのをその辺で買ってきて着ているけど、これはたぶん中国製ね。もちろん工場で生産されたものだし、中国よりもっと人件費の安い国で作られたのかもしれない。そういうことひとつにしても、どんなふうに暮らしたら神の御心にかなうのかわからないわね」

「そのカーディガンの色はとても素敵ですよ」

私はお世辞ではなくてそう言ったのだが、ミズカさんは少し考え込むようにしていた。

「江戸時代のメリヤス足袋のほうが現代の工場で大量生産される靴下よりきっと履き心地はよかったんじゃないかしら。俳句は若い頃に少しやっていたのよ。わたしは仕事を辞めたら超俗の生活をおくろうと思っていたの。俗世から遠ざかって俳句を詠んだりしてね。ところが実際に仕事を辞めて時間ができたら、こんどは生きていくためにはお金も大事だとか、骨密度を落とさないようにカルシウムを摂って運動もしなくちゃいけないとか、毎日そんなこと考えて過ごしているわけよ。ま、凡俗の生活もそれはそれで大事だし、興味深いこともたくさんあると思っているけど」

「そう、カルシウムも大事なんですよね」

私は骨密度の件に共感して相槌を打ったのだが、ミズカさんはそれにはとりあわずに続けた。

「若いときには俳句で、年をとったらミステリというのはおかしいかしら。ふつうは逆かもしれないわね。いまでもね、新聞で俳句の投稿欄を読んでいると、こんなのは簡単に自分にも作れるなんて思うの。だけど実際にはもうあまりやる気が起きないのね。物事って時期があるものなのよ」

「ええ、そうかもしれません。もしよかったら、水色の毛糸で靴下を編んであげましょうか？　わたしにとっていまは靴下を編む時期みたいなんです。よい靴下編み師になれるとは限らないですけどね」

私は適度に冗談めかして半ばはまじめにそう言ってみた。

名前も知らない他人の靴下を編むのはミステリアスなことに思われたが、足のサイズや特徴―甲の高さや足の長さ、足首の太さや細さ―というようなことは靴のなかのプライバシーでもあるわけだ。それに、私の編んだ最初の一足目の靴下（靴下の教科書では〈基本の靴下〉）は私の足には大きすぎて、靴を履くと靴下の踵がしぼんだ風船みたいに後ろに飛び出してしまうので、その赤い靴下は足が冷えるときの最後の重ねばき用として引き出しにしまいこまれていた。そしてひとのための靴下を手早く編めるようになるにはまだよほどの時間がかかりそうだった。

ミズカさんは首を傾げて考えていた。

「そうねえ、靴下が足にぴったりして暖かいと気持ちがいいわねえ。だけどわたしはていねいに靴下を手洗いするような性格じゃないから手編みの靴下なんてもったいないわよ」

私だってふだん履くのは地味な色の既製品の靴下に決まっているのに、なぜかこのときは饒舌になっていた。窓の外ではようやく残暑を吹き払った秋の風が薄い灰色の翳をつけた雲を空に流していた。

「ナイロン混紡の糸もありますからね、そういう糸で編めばかなり丈夫になると思いますよ。コットンで編むととても気持ちいいらしいですし、でもこれからは寒くなるからやはりウールがいいかもしれませんよね。かかとのパターンは何種類もありますし、つま先の減らし方もいろいろあるし、カフスから編むのでなくつま先から編むやり方もあるんですよ。それになんと二枚一度に、つまり左右一緒に編む方法もあるんですよ、これはまだ試していないんですけど、編み上がってからこう一枚ずつに剥がすみたいにするんです」

ミズカさんは頷きながら黙って私の言うことを聞いていたが、窓の外の秋風にふと心が動かされた、とでもいうように身を乗り出してこう言った。

「そうしたら、そんなに凝った編み方じゃなくてね、ぜんぶふつうのメリヤス編みにしてくれる？　それで、そのかかとのパターンっていうのがその本に載っているのだったら見せてくれない？」

私は赤と紺のキヒノヴィッツ編みのまだかかとが出来ていない靴下をわきにどけて、その下に置いていた靴下の教科書を拡げてページを捲った。ミズカさんは座っていた木の椅子を少し引き寄せた。

「ああ、こんなにあるのねえ」

とミズカさんは嬉しそうに〈かかとのパターン〉のページに見入った。

「このフレンチヒールって可愛いけど華奢な足に向いているって書いてあるわね。じゃあはめ込みヒールかボックスヒールにしてくれる？」

「わかりました」

「靴のサイズは二三センチだからそれでいいと思うけど少し余裕があったほうがい

いわ。糸代はお支払いするからこんど会ったときに請求してね」

「ウールの毛糸でいいですか、色はほんとに水色でいいですか？」

「そのあたりはおまかせするわ。そのほうが楽しみが大きいじゃない」

こんなふうに小さなパン屋の片隅で、黙々とした編み物の世界からとつぜん顔をあげるとまもなく、私は見知らぬ年上の女性の靴下を編むことになったのだった。

「あの、時間は少しかかってしまうと思うんですけど」

「いいわよ。またここで待ち合わせましょう。いつ頃にしましょうか？」

私はしばらく考え込んだ。二週間もあれば充分だと思ったが、丁寧に間違いなく仕上げるとなると違うかもしれない。

「クリスマスの前には編み上がるのは確実ですけど、それでは遅すぎますか」

「ぜんぜん、遅すぎないわよ」

そのとき、パン屋の扉を押してアノラックのベストを着込んだ初老の男性の二人連れが入ってきて、コーヒーだけを注文して扉に近いほうの席に座った。なんにもないねえ、有給休暇がいちにちだけだねえ、と静かに話している声が聞きとれた。

窓の外では風が雲を押し流し続け、雲の色は光のない灰色になっていた。

「靴下を編んでもらうなんて、まるでとても身分の高いひとになったような気がするわ。それじゃ、クリスマスの一週間前の水曜日にまたここでお会いしましょうよ。家の電話番号をこれに書いておくから、もし都合が悪くなったらここに電話してくれる?」

ミズカさんはカーディガンのポケットを探って細いボールペンを取り出し、手もとにあった紙ナプキンにいくつかの数字を書きつけた。それから、窓の外を見上げて、雨が降るといけないからそろそろ、と言って立ち上がった。私も編みかけの靴下と本をまとめて手提げに入れて立ち上がったが、明日の朝のパンを買って帰るという用事があったのを思い出した。そこで棚から取った角切りの食パンの袋をカウンターに置いて小銭入れを捜していると、パン屋の店員のありがとうございましたという声とともに、ミズカさんはもう扉の向こうに消えてしまっていた。

紙ナプキンには電話番号と大山という苗字が記されていた。

それから一二月に入るまでのあいだに、私は少しずつミズカさんの靴下を編むことにした。まずバスに乗ってまた手芸店に行き、中細のブルーグレイの毛糸を二玉買って領収書を書いてもらった。薄いノートの最初のページに大山というミズカさんの本名と電話番号を書き写し、この靴下の計画書を作成した。かかと＝はめ込みヒールまたはボックスヒール、かかとからつま先まで＝二三センチ、全体＝メリヤス編み、などと書いて、使用糸のラベルに記載された毛糸のメーカーやロット番号まで書き写した。それから家に残っていた紺色の糸で細い縞模様を入れることを考えたり、かかととつま先だけを紺色にすることを検討したりした。

夜の九時を過ぎると、母親はいつももう眠くなったと言って自分の部屋にひきあげていった。私は居間に残って少しずつこの靴下を編んだ。テレビも消して静まり返った居間に一人で座って黙って編み棒を動かしていると、ミズカさんも今頃は一人で座って古いミステリを熱心に読んでいるところだ、と思った。ひと休みしたくなると紅茶を入れた。たぶん、ミズカさんもそうしているような気がした。

途中でかかとの部分にさしかかったときに、中細の毛糸二玉では糸が足りなくなりそうだと思ったので、やはりかかと（これはボックスヒールを選んだのだが）とつま先（こちらはごく標準的なワイドトウと呼ばれる減らし方）は紺色の糸で編むことに決めた。この最初の試行錯誤が終わると、あとはただメリヤス編みで編んでいけばいいのだった。

一一月に入って病院に行くと、血液検査の結果では炎症反応も消えていたし、私自身の感じでもお腹の調子はまったく何の問題もなく、ステロイドは順調に減らすことができた。

「貧血もないし、コレステロールも肝臓の数値も、いいね。だけど君ね、こんど悪化したらもうステロイドは使えないよ。女性の場合は四〇代から五〇代にかけて骨量が減りやすいからね。骨密度の検査で、あれ、どこいったかな」

老医師はパソコン画面のなかの私の名前のフォルダを開いて、入院中の骨密度の検査結果をやっと探し当てた。

「これこれ、この横の線が二〇歳から百歳までの年齢ね、これが骨量のグラフ、ほらこのあたりでぐっと減っているでしょ。この緑のところは大丈夫、黄色のところは平均よりやや低い、赤は要治療と。それで検査の結果が、ここだここ、緑と黄色のちょうど境目だから。あの骨の薬はまだ念のために出しておくからね」

一週間に一回服用することになっている骨粗鬆症の治療薬を私は退院するとすぐに忘れるようになって、多くが余っていることは黙っていた。なにしろ朝起きてすぐに一八〇ミリリットルの水で服用して、その後は三〇分間横になってはいけない、水以外の飲食もしてはいけないという薬で、朝の寝起きがいいほうではない私はボンヤリしながら起きて朝食のトーストをかじった後で思い出すのがせいぜいだった。べつに骨粗鬆症になってしまったわけではないから、と自分に言い訳して次の日に延ばすと、また同じようにトーストをかじってから思い出すという具合だった。

ステロイドを減らすと同時に本格的な冬の寒さがやってきたので、私は急に疲れやすくなったように感じ始めた。

「だからね、無理しないようにしないといけないのよ」

母親がウールのセーターの上に厚手のカーディガンをはおりながら言った。

「この前のときもそうだったでしょう。ステロイドって必ず妙なことになるんだから。この前のときなんかたいへんだったじゃないのよ、変な女の人と喧嘩して。あたしが迎えに行かなかったらどうなっていたか。こんどはもう知らないわよ」

「ああ、あれはね、暑かったからあの夏はね」

私は慌てて手を振った。母親が言っているのは、父親の一周忌のころに疲れが出て潰瘍性大腸炎が悪化してやはりステロイドを三〇ミリ使って治療した後の話で、私は荻窪の駅ビルに買い物に行って急に苛々感と脱力の両方に襲われて九州にいる母方の叔母に携帯で電話して長々と喋り捲り、田舎のお盆の支度で疲れ果てている叔母をキレさせてしまい、そこへ近づいてきたインドのサリーのような服を着た女性と大喧嘩をして、警官まで出てくる騒ぎになった〈荻窪宗教論争事件〉のことである。けれどもこんな話に寄り道をしていればきりがない。ステロイドという薬の心身に与える副作用についてはあちこちで言われるけれど、四〇度を超える暑さの夏や小春日和の翌日に寒波がやってくるような冬にも責任の一端は担ってもらいたいものだ。

「またこんどは、パン屋で知り合ったひとに靴下を編む約束なんかして、大丈夫なの？　まあ熱心にやっているところへ余計なことは言いたくないけど、電話番号がわかっているんならいちど電話して確かめてみたほうがいいんじゃない？」

「確かめるって、なにを？」

「もしかしたら先方は靴下を注文したなんてこと忘れちゃってるかもしれないわよ。だいたいどこに住んでいるどういうひとなのかもわからないのに、どうしてそんな話になったのかしらね」

ミズカさんがどのあたりに住んでいるのか訊かなかったのは迂闊だったかもしれない。それにクリスマスの前の週の水曜日にもしあの小さいパン屋が店を閉めていたらどうしたらいいだろうか。定休日は確か木曜日だったと思うのだが、あまり自信が持てなかった。

「まあいいわよ、あなたが気にしないんだったらべつにあたしがどうこう言うことじゃないんだけどね、いろいろ変な事件が起こる世の中だからね」

「メリヤス編みの靴下事件、かな」

私は言ってみたのだが、母親はそれは聞かずに新聞を畳んだりして居間を片づけ始めた。

すでに靴下は左足のほうを編み終えていて、もう片方の右足に取りかかっていたのだけれど、こうして季節がはっきりと冬になってみると、ブルーグレイに紺色のかかととつま先という寒色系の靴下はいくぶん寂しい色使いのようにも感じられてきて、それと同時に水色のカーディガンを着て白髪をおかっぱにしたミズカさんの印象は、ただあのときのパン屋でのほんのひとときの非現実的なものに過ぎなかったような気もしてきた。電話番号は携帯電話のものではないようだったが、この電話番号にためしに電話をかけてみると、大山さんというミズカさんとはまったく別の年とった女性が出てきて、靴下っていったいなんのことですかなどと言われるのではないかと考え始めてしまった。

実際に確かめてみたほうがいいだろうか？

私はその日も夜の九時を過ぎると五本の編み棒を手に取ったのだが、ブルーグレイの毛糸を糸玉からひきよせると思いがけないところに小さい結び目があって、それはいったん切れた糸を結び合わせたものなのでうまく編地の裏側に隠す必要があった。糸を繋ぎあわせた結び目がひとつぐらいあったからといってその毛糸玉が不良品だということにはならないのだが、私はその結び目の手前で手をとめた。

ミズカさんはまだ起きているだろうし、いま電話をかけてみてもかまわないだろう。

私は携帯電話を取り出して、紙ナプキンからノートに書き写したミズカさんの電話番号をプッシュした。コール音が何度も鳴っているあいだ、私は努めて何も考えないようにした。

はい、というくらか掠れたような声が聞こえたので、私は自分の名前を名乗った。そして、大山さんのお宅でしょうか、と続けた。はい、ともういちど同じ声が聞こえた。

「あの、覚えていらっしゃるでしょうか、靴下のことなんですが」

私は緊張して急に早口でそう言ってから、次になにを言ったらいいのかわからずに黙ってしまった。

「ああ、靴下のことね」

というゆったりした物言いが聞こえてきて、それは確かにミズカさんのものだと思ったのでようやく肩から力が抜けた。

「はい、夜分にすみません、ちょっと確認したいことがあったんです。靴下の色のことはやはり自分だけで決めてしまうのはどうかと思って、それでお電話したんです。全体はブルーグレイで、かかととつま先は紺色ということで、じつは片方はもう仕上がりました。いまもう片方に取りかかってます。色の配色はそんな感じでいいですか」

「ああ、とてもいい感じね。ごめんなさい、いまね、ちょっと急な来客があって。またなにかあればいつでも電話してね。あのパン屋さんの定休日は木曜日よね？」

「はい、確かそうだと思います」

「じゃ、水曜日ならお会いできるわね」

電話の近くで誰かが食器の音をたてているのが聞こえてきた。

「はい、クリスマスの前の水曜日ですよね。どうもお騒がせしてすみませんでした。それでは」

私は電話を切った。ともかくこの電話番号はミズカさんの家の電話に間違いなかったのだし、パン屋の定休日という現実的な話をミズカさんのほうからしてくれたので、もうすっかり安心していた。来客中に電話したのはタイミングが悪かったし、おそらく一人暮らしのミズカさんのところへ夜遅く誰が来ているのだろうと一瞬思いもしたが、そんなことはどうでもいいことだ。靴下を編む約束をミズカさんはもちろん忘れてなどいないし、待ち合わせに不安もなくなったのだ。やはり電話してみてよかったと思いながら私は編み棒を手に取って、小さい結び目のすぐ手前までをいっきに編み、結び目が表に飛び出さないように注意深く指先で押し込みながら数目編んだ。それから紅茶を淹れて少し飲んだ。そのあとは何も気にせずにもう片方の靴下を編み進めていった。

一二月に入ると乾いた寒い日が続き、町のあちこちが真っ赤なヒイラギや色とりどりの電飾で飾られた。

特別に寒くなった曇天の水曜日の午後、私はオーバーコートを着込んで小さなパン屋の入り口まで歩いていった。手提げの中には薄い紙に包んだ靴下が入っていた。扉を押してなかに入ると、いつもカウンターの向こうに立っている女の店員が顔をあげていらっしゃいませと笑顔を見せた。店内には小さいクリスマスツリーが飾られていた。

ミズカさんはまだ来ていないようだったので、私はコーヒーを注文していちばん手前の扉に近い席に座り、クリスマスツリーを彩っている赤や青や銀色の光る玉だの木製のミニチュアの動物だのを眺めながら待つことにした。

「あの、よろしかったら」

後ろで声がしたので振り向くといつもの女の店員が紙皿を持って立っていた。

「ジンジャークッキーをどうぞ。それからこの席は入り口に近くて寒いと思いますので、ぜひ奥の席にどうぞ」

私は自分がまだオーバーコートを着たままだったことに気がついた。コートを脱いで奥の席に移動することにして、お礼を言いながらジンジャークッキーの皿を受け取った。パン屋の店内には讃美歌をアレンジした静かな音楽が流れていた。

店の扉が開いたのでそちらのほうを向くと、入ってきた客は黒い帽子をかぶり黒いマントを着て大きな旅行用のスーツケースを引き摺っていた。そして自分自身とスーツケースを半回転させて内側からきちんと扉を閉めた。

「コーヒーちょうだい。寒いわねえ」という声をカウンターにかけてから、黒い帽子と黒いマントはまっすぐに私の座っている椅子のほうに近づいてきたので、私はそちらに顔を向けたまま目をみはっていたのだが、ミズカさんはすぐに帽子を脱いで照れたように笑った。

「こんな恰好でなにかと思ったでしょう。これ旅支度なのよ」

「どこへ行くんですか？」

「空港に直行するのよ。今夜の飛行機でカナダに行くの。まったく慌ただしい話よね」

ミズカさんはマントも脱いで椅子の背にかけたので、白いアラン模様のセーターがその下から現れた。私は思わずその模様をひとつひとつ眺めた。

「甥がバンクーバーに住んでるのよ。このあいだとつぜん訪ねてきて、クリスマスに一人でいるのはよくないからぜひうちに遊びに来てほしい、気が向いたらしばらく滞在してほしい、そういうことでしまいには説得されたわけなんだけどね」

ミズカさんはコーヒーに砂糖を入れてスプーンでかきまわした。

「わたしはできれば静かに超俗の生活をおくりたいだけなんだけれどねえ」

「甥御さんって」と言いかけてからあまり聞き質すのもどうかと私は言葉を切ったのだが、ミズカさんは簡単にこう言った。

「亡くなった兄の息子でね、年齢はたぶんあなたぐらい。小さいときにはあれこれ面倒を見てやったけど、向こうへ行ってからは結婚したことを知らせてきた程度だったから、今回の訪問はまあ事件と言ってもいいくらいよ」

パン屋の店員が後ろから近づいてきて、ミズカさんの前にもジンジャークッキーの皿を置いて去っていった。

「クリスマスプレゼントかしらね」とミズカさんは微笑してクッキーを眺めた。

そこで、私はようやく靴下の包みを手提げから取り出すきっかけをつかんだ。

「これ、約束した靴下です。気に入ってもらえるかどうかわからないですけど」

ミズカさんはさらに嬉しそうに目を細めた。

「メリヤス編みの靴下ね、開けてみていい？」
「どうぞどうぞ」と言いながら私は自分が緊張しているのを感じた。もしかすると
これは靴下編み師としての最初の仕事になるのかもしれないし、同時に最後の仕事
になるのかもしれない。私の編んだ靴下はミズカさんと一緒にカナダへ行ってしま
い、私自身はこの町で暮らし続けるのだ。
ミズカさんは薄い紙包みをていねいに開けて、ブルーグレイの靴下に触った。
「これは暖かそうね。この色も気に入ったし、サイズもちょうどよさそうだし」
私はほっと息を吐いて、コーヒーをひとくち飲んだ。
「その靴下をバンクーバーへ連れて行ってやって下さい。わたしはこの町からほと
んど出たことがないと言ってもいいくらいなんです」
ミズカさんは靴下から顔を上げて私の顔を覗き込むようにした。
「そう、旅行なんかにも行かないの？」
「ええ、最近は行かないですね。海外にはまったく行ったことがないんです」
ミズカさんは、それはどうしてとも訊かなかったし若いうちに行ってみたほうが

いいわよとも言わなかった。

「バンクーバーには日本人もたくさんいるのだけどね、甥はたまに東京に帰ってくるたびにここが自分の生まれ育った場所だとは思えなくなってくると言っていたわ。また東京オリンピックなんかあるとしてもその頃にはわたし自身もどうなっているかと思うわね。もちろんこの靴下は今回の旅のいちばん大事な道連れよ。ほんとうに履き心地がよさそうでとても嬉しいわ」

二〇二〇年の東京オリンピック開催が決まってから、私の家の近くでも五〇年前の道路計画がとつぜん見直されて、いまとなっては不要なはずのバイパス道路建設のために、住民の反対にもかかわらず測量が始まっていた。〈測量お断り〉のステッカーを母親がもらってきて玄関に貼っているが、今後はどうなるかわからない。

短い沈黙のあいだに私はジンジャークッキーを少し齧った。

「さて、靴下編み師さんに糸代をお支払いしなくちゃ」

ミズカさんが財布を取り出したので、私も手芸店で書いてもらった領収書を取り出してテーブルの上に載せた。

「ほんとうに糸代だけでいいのかしら。ちょっとした手土産を持ってくるつもりだったのにバタバタと自分の荷物をまとめているうちに忘れちゃったのよ、ごめんなさいね」

「ああ、いいんですよ、そんなのぜんぜん気にしないで」と私は笑いながら手を振った。

潰瘍性大腸炎のことはミズカさんに話すつもりはなかったが、ステロイドはもう一〇ミリ以下に減っていたので副作用だの骨密度だのをそれほど気にしなくなっていた。減薬のあいだに少しずつ靴下を編むという作業療法に近い手仕事がなかったら、私はステロイドのもたらす高揚感や疲労感に振り回されてもっと妙なことを始めていたかもしれない。はたして今後靴下編み師になれるのかどうか、それはまったく別の問題だけれど。

「さしつかえなければあなたの住所を教えてもらって、向こうから絵葉書かカードを送ってもいいかしら。この靴下の履き心地やバンクーバーの様子についてもお知らせするわ」

私はミズカさんの真似をして手元の紙ナプキンに自分の住所と名前を書いて渡し、ミズカさんはそれを受け取ると財布のなかに押し込んだ。

「忘れてしまった手土産というのはね、このアラン模様のセーターを編んでくれた友人がくれたニットの針をしまっておく楓の木でできたケースなんだけど、わたしはもう編み物はしないし、あなた使ってくれないかななんて思ったんだけどね。戸棚から出しておいたのに家に忘れてくるなんて、だから年をとるってことは嫌よね」

ミズカさんはほかにもまだいろいろ話したそうだったが、腕時計を見るとあっと言って立ち上がった。そして黒いマントと帽子を身に着けると一羽の黒い鳥のようになってしまった。

「もしサイズが大きいようだったら」と私は最後まで気になっていたので声を張り上げた。

「洗濯機で何度か洗えばいくらか縮みますからね！」

ミズカさんはパン屋の戸口のところでわかったというように片手をあげた。いつのまにかその手にも黒い手袋がはめられていた。店の扉が開くとすぐに、乾いた寒風のなかを真っ黒な鳥が突っ切っていくようにミズカさんは私鉄の駅のほうへと姿を消してしまった。

私はしばらくのあいだそのままパン屋の椅子に座っていたが、角切りの食パンを買って帰るために小銭入れを手提げから取り出した。明日のことはわからなくても明日のためにパンを買うのだ。それから立ち上がってオーバーコートを着た。

「どうもありがとうございます」

パン屋の店員はカウンターに立って食パンを袋に入れた。

「よいクリスマスをお過ごしください」

ふだんは無口でそれほど愛想のない女の店員はそう言ってパンの袋をさし出した。

私はパンの袋を抱えて店を出た。

二週間後、ミズカさんから約束通り一通の絵葉書が届いた。森と湖の写真の美しい絵葉書だった。

〈お元気ですか。この絵葉書のような景色のよいところへ行きたいのだけれど、毎日雪が降っているのでほとんど家のなかで過ごしています。甥の子どもたちとHAIKUをつくって遊んだり、皆で料理をしたりしています。靴下の具合はとてもいいわよ。足元が暖かいので幸せです。ただ、残念ながら新年に帰国することはできなくなりました。春まではカナダに滞在することになりそうです。どこへ行くことになっても靴下は連れていきますからね!〉

差出人の住所は、カナダ、バンクーバーとしか読みとれず、ミズカさんは春までカナダに滞在する、ということしかわからなかった。けれども、メリヤス編みの靴下はずっとミズカさんと一緒だ。そして冬のあいだには誰もが思うのだ。春になったら、もしかするとこれまでに出会ったことのない新しい希望が芽生えるのではないだろうか、と。

灰色猫のよけいなお喋り　二〇一七年夏

ガンバレ飼い主、ゴハンは寝て待つ！

……灰色猫です。最近飼い主のツイッターでときどきよけいなお喋りしてるんですけど、きょうは改めて飼い主に口述筆記してもらおうと思ってパソコン台の下から出てきました。よろしくお願いします。

だってもうボクも一六歳だから猫としてはほんとに高齢猫だからいつどうなるかわからないでしょ。最近はうとうとしていてもいろいろと思い出すことばかりなの。そういう記憶がハッキリしているうちに自分のことやこの家のことなんか書いておきたいと思って飼い主に頼んでいたんだけど、飼い主が言うには「猫が語るなんていう小説はね、漱石以来いっぱいあるからだめ」って。いきなり明治の「文豪」出してきた。だから小説ではないの、ただのお喋りだってば。埼玉県の猫舎で生まれたボクがどうやっていまの飼い主と出会ったか、まあそんなことをね、ちょっと語っておきたいのでね。

飼い主も昨年からはけっこうたいへんだったの。こっちも飼い主の手術のときは高円寺の猫医者のところに二週間も預けられて狭い思いしたけどそれはもういいの。一〇歳以上になると猫もペットホテルより病院のほうが安心だしね。ボクはさいわい今のところたいした病気もしないし食欲もふつうにあるし、食べて寝て飼い主をかまったりして「理想の老後」をおくっているみたいに言われてるけどね。漱石の猫なんかかわいそうだよね、待遇悪いよね。名前もつけてもらえなかったわけだし。

名前といえばボクの名前。ちょっと赤面しちゃうけどチビって呼ばれてるの。小さいからチビってとりあえず呼ばれてそのうちもっといい名前を考えてあげるって飼い主は言ってたけどそれっきりあわただしい日が続いてね。名前がないよりはましかもしれないけど、もう少しりっぱな名前をつけてほしいよね。ツァラトゥストラ通称ツァラとかさ、いちおうロシアンなんだからカチェリーナ・アレクサンドロヴナ・シチェルバーツカヤ愛称キチイとかね。何か有名な文学や歴史上のヒトにちなんだ名前がいいな。「千の美の子と書いて千美子としてはどうか」と飼い主のお父さんであるよしおねこさんが言ってたから、まあ千の美ということで受け入れることにしたのだけど。

飼い主ってば病院から帰ってきてしばらくすると「漱石の猫は黒猫。足の裏だけ白かった。黒猫は福を呼ぶというけど、灰色はよくなかったのかもしれない。ほら写真に撮りにくいんだよね。白とか黒とかハッキリした猫を飼えばよかった」なんてもう勝手なこと言ってるの。手術の前はものすごく緊張してお友達や親戚に毎日のようにメールとか電話とかして心配かけて「チビのために必ずよくなって帰ってくるからね」なんてせっぱつまった顔してボクに話しかけてたくせにさ。あ、なんで漱石なんてアンドロイドにまでされちゃった昔のヒトがすぐ出てくるかというとね、漱石の本だけ居間に並べてあるのね、ここの家。名著復刻版の綺麗な装丁の本が少しばかり。これは飼い主のお母さんであるみいさんの本。

みいさんはね、五人姉妹の長女だったの。それに元教師。寅年生まれの阪神ファン。ちょっと変わってるけど、猫は寒くないかお腹空かせていないかと心配してくれて猫ベッドを大小二つも買ってくれたりしていいヒトだよ。速読脳を持っていて活字はなんでもすぐ読んじゃう。「モーアシビ」の発行も楽しみにしてるの。ね、いいヒトでしょ。飼い主にはみいさんと喧嘩しないでほしいな。漱石猫は漱石のことを「主人」て言ってるけどこの家の「主人」はね、飼い主ではないの、みいさんなの。

さて、「猫は七つの居場所をもつ」って言うけど、居間の猫ベッド、和室の畳の上、それに猫部屋の猫ベッド、これは寝るときの居場所ね。あとの四つは秘密。猫部屋っていうのはボクのための猫トイレとお皿と爪とぎがあるからそう呼ばれてるけど、みいさんの「商売道具」だった本が重厚なガラス戸のついた本棚と食器棚に詰め込まれて置いてあるの。漱石も全集はこっちにあるね。夜はボクがここを独占してるから、けっきょくこれらの本はいま誰も読んでないみたいだね。飼い主もまあぜんぜん読まないヒトよりは少しは読んでるわけだけど、大学に入るまで「有島武郎」をアリシマブローだと思ってたぐらいだし。みいさんのほうは「いまのうちに本を処分しなきゃ」ってことばかり言ってるけど「処分」なんてコトバはこわいよね。だから誰か欲しいヒトがいたらボクに言ってね。ただ日本の住宅事情ではあいうかさばる「全集本」は売れないのも当たり前だよね。

でもね、ここだけの話だけど、ガラス戸つきの本棚って用心しなきゃいけないの。だってボクがゴハンのお皿に近づいていったら、にゃんとにゃんと！　本棚の奥からなんだかこっちに近づいてくる奴がいるじゃない。ボクがちょっと後ずさりするとそいつも少し向こうへ行くの。ところがボクがまたお皿に向かって近づいていくとそいつもお皿に向かってこっちへくるじゃない。そいつはまるで猫みたいな格好なのに、ニオイも気配もしないんだから。ね、こわいでしょ。しばらくじっとしていたら、みいさんがそいつに気がついてガラス戸に包装紙を貼ってくれたの。そしたらそいつはいなくなったみたい。でももしかすると隙間のところに隠れているんじゃないかと思ってね。カリカリを食べるときは少し脇のほうの猫ベッドの近くに持っていって食べたりしているの。「なんでベッドの隙間にカリカリを運んでいくんだろう、変な猫」って飼い主は言うけど、ボクは用心深いタイプだから。

あ、なんの話だったっけ？

そう、みいさんが定年退職した年にボクこの家にきたの。ボクね、埼玉県のブリーダーのところで母猫と早くに引き離されてお姉さんたちとも別にされたの。なぜか男の子と間違われてロイという名前をつけられたみたい。それが間違いだとわかってからペットショップに出されたんだと思う。飼い主と出会ったのはそのペットショップの店先で店晒しにされていた生後六ヶ月の頃なの。「このネコちゃんは甘噛みをします」って貼り紙までされていかにも売れ残ってますって感じで。隣のケースではアメリカンショートヘアのもっと小さいのが人気集めてたよ。ロシアンブルーは「性格は温厚で飼い主に忠実」だっていうのにさ。ボクはしようがないからふて寝していたんだけど、その頃飼い主がときどき覗きにくるようになったの。飼い主のほうはね、その頃小説を書いていたのがさっそく行き詰まってきて（あ、違うの？）、一人暮らしも寂しいから近所の猫を手なづけようとしたんだけどうまくいかなくて（この辺りの外猫さんたちは賢いからね）、実家（ってけっきょくいま住んでるマンションね）と行ったり来たりする途中にボクのふて寝しているペットショップがあったわけ。でね、生後六ヶ月過ぎると猫も売れ残る確率が高いものだから、店長はボクのことを早くなんとかしたかったの。飼い主はその頃「売れ残り」っていうコトバにもちょっと過敏になっていて、はい最終バーゲンですみたいな感じで店晒しになってるボクのケージをじーっと眺めてたから、これはもう店長の思うつぼだよね。「ちょっと抱かせてあげましょうか」みたいなこと言ってボクをケージから出してくれたからこのときとばかり飼い主の肩までよじのぼったの。次に飼い主が姿を見せたとき、店長はさっそく持ちかけた。「じつは亀戸の支店でちょうど生後六ヶ月のロシアンブルーを探しているお客さんがいらっしゃるんです。どうしましょうか」って。うまいよね。ボクのケージにはすぐに「商談中」の札が下がったわけ。

飼い主は後先顧みずボクを買っちゃった。「甘噛みをします」っていう貼り紙のことなんかそのときは気にしてなかったの。子猫の甘噛みなんて知れたものだし、飼い主の子どもの頃はいつも家には猫がいたからね。飼い主が高校に入った頃に家族でマンションに引っ越してそれからずっと忙しくて猫は飼えなかったんだけど、でもそのマンションの近くには広い公園があって緑も多くてそこに行けば猫はいっぱいいて毎日自転車で餌をやりにくるおじさんたちがいて、猫がひなたぼっこしているのが見たければその公園に行けばよかったんだって。飼い主はその公園が気に入っていてよく散歩に行って小説にもその公園のこと書いたの。だけどそこは駅に遠くて不便だったので、飼い主のお父さん（いまは写真になっちゃってよしおねこさんって呼ばれてるよ）が脳梗塞で倒れてリハビリして回復して職場に復帰したとき、駅に近くてタクシーがすぐ拾えるところに慌てて引っ越したらしいよ。それがいま住んでるところ。飼い主はあんまり気に入らないし車の音がうるさいとか言って、少し離れたところで一人暮らししてたからボクも最初はそこに届けられたの。ケージもサービスでつけてくれてそれにヒヨコのかたちのぬいぐるみも一緒だったな。あれは気に入ってたけどどこいったかな。

でも飼い主は一週間で気づいたの。古いアパートメントで一人で猫を飼うということがどんなに大変かってことに。ボクももうよく覚えてないけど走るの速かったし飼い主とろいしね、ボクの「甘噛み」ってもちろんかなり強烈だったから。猫としての狩猟能力の高さを示しても、最近の人間はあまり喜ばないみたいね。

しばらくして飼い主は高熱出してお腹こわした挙句に、ボクを連れて実家（って
だからここね）に帰ってきたから、みいさんは溜め息をついてこう言ったの。
「一生物の毛皮のコートを買った方がずっと安上がりだったわよね」
安易にペットショップに立ち寄るべからず、という教訓は押さえておいてね。今
からざっと一五、六年前の話です。小泉政権の頃ね。
あ、ちょっと休憩、お水飲んでくるね。

ええと、どこまで話したっけ？　最近はね、耳の後ろを掻こうとして後足を持ち
上げたまま、あれなにしてたんだっけって感じでとまってしまうの。飼い主笑って
るけど、猫はヒトより早く年をとるからね。なに、こんな昔話は退屈だって？　だ
けどこの家ではみいさんがいつももっと昔の話いつもしてるじゃない。飼い主は半
分ぐらいしか聞いてないけど。
昔は昔、今は今。そりゃボクだってそう思う。飼い主の不満はまあこうだ。
「みいさんの昔は大昔、私の昔は小昔ね。みいさんはいつだって長いこと昔の話する。

それで私がほんのちょっと昔の話をするとすぐにこう言うの、それは昔の話でしょ」

ふーん。猫に言わせればそれはやっぱり子どもの理屈だけれどもね。単なる時制の問題でしょ、単なる。そんなことでは大きくなれないよ。ボクの昔はもっと小さい昔ね。昔はほらとっとっとっと走っていって飼い主を玄関まで出迎えに行ったよね。そのままマンションの廊下を走ってエレベーターの前まで行っていろんなニオイを嗅いだりして。覚えてる？　今ではボクはもうそんなことしないの。飼い主のほうがこっちにきて「ただいま」って挨拶するからサイレントニャーって呼ばれる鳴き方で返事するでしょ。はいはいいいこだねえって。ボクは二一世紀のあたらしい猫だけど、もう一六歳だからおばあちゃんなのよ。ほら、飼い主の負け。昔の話も昔々の話も今ではみんな同じなの。

「女の子なんだから自分のことをボクって言うのやめなさいよ」なんて飼い主まだ言ってるよ。だけど飼い主なんかさ、ふだんはボクと同じでわりとおとなしいけど、怒り出すとすごいんだから。しまいに自分のこと「オレ」とか言ってるよ、こわっ。やめなさいよ、みいさんと喧嘩するのはね。ほら「猫は母系で餌場を共有する」ってテレビでもやってたよね。ボクはこの家から出たことがあんまりないし、おまけに「ひとりねこ」だからね、よくは知らないけど。

はい、全国の娘さんたちはお母さんと仲よくしましょう。

みいさんはね、最近なにしろ足が痛いでしょ。だからあんまり機嫌がよくないの。「よしおねこさんはいいねこさんだったけど病気ばっかりしてあたしはほんとに苦労した」っていうモードでね。飼い主はどうも気に入らないの、口がへの字になってる。だから、毎日晩ゴハンの後で飼い主をかまってあげることにしているの。とっとっとっと居間に出ていくと「ほらチビが来た」って喜んでくれるからね。テレビでも見ようよ。みいさんの好きなブラタモリとかやってないのかな。ねえ鼻の上のとこをマッサージしてくれないかな、そうそういい気持ちツボにはまってる、はいはいいいこだねえ…ん、過ぎたるは及ばざるがごとし！「あいたっ」「かまうからでしょ」「あっ、沢田研二だ！」誰それ昔のヒト、ボク知らないよ。「朝までふざけよう～」って？　じゃ、ボクはお先に失礼、ちゃんと歯磨きして寝たほうがいいよ。やれやれ、和室でゴローンと。家族サービスも楽じゃないよ。せっかく猫がかまってあげてるのにね。わわっ、飼い主が踊ってるよ、やめなされいい年をして。けっきょく昔はよかったっていう歌番組なんかでたまに盛り上がったりして。

テレビはボクも好きだけど、新聞はトイレと爪とぎの周りに敷いてもらっているのを読んでるの。この夏は「内閣支持率過去最低」とか「変わりゆく大学入試」とかね。その後は「鳥谷二〇〇〇本安打」に取り替えてもらったの。新聞はこまめに新しいのに替えてって飼い主には言ってあるんだけど。それに分厚く敷いてもらわないと寝心地がよくないし汚れたり湿ったりしないうちに替えてほしいな。

この家は区の保護樹林の脇に建っているの。ベランダの向こうには道路を隔てて保護樹林があるから夏も涼しいよ。でも区が剪定の費用を出さないので木が生い茂ってだんだん陽当たりが悪くなってきたって飼い主たちはいつも言ってるな。夏の終わりにベランダで見張ってると、ジージー鳴いてる蝉が風に飛ばされてくるので、すかさずダッシュ！　ベランダ中追いかけ回してしっかりくわえて入ってきて、そうすると飼い主が叫んだりして。南側のベランダから北側のボクの部屋まで長い廊下があるからそこでジージー鳴いてるやつをちょっと離したりまたくわえたり。しまいにばりばり食べちゃったときには飼い主もすごく叫んでたよ。でもあんまり消化にはよくなかったみたい。夜中に吐いちゃったらそのまま出てきて、朝起きた飼い主は「だからやめなさいって言ったでしょうが」ってまたひとしきり叫んでいたっけ。若い頃はそんな感じで虫に熱中してたの。それにベランダを覗きにくる鴉と対決したりね。電線からベランダの手摺りにひょいと飛び移ってきて長いこと上からボクのこと睨んでたけどこっちも負けずに睨んでいるとそのうちふいにいなくなったよ。ああいう連中は怖がってはだめ。だけど最近は鴉も来なくなったね。飼い主も言ってるけどこの四、五年はこの森で子育てしなくなって鳴き声も聞こえなくなったよね。

九月の敬老の日にはボクのことも忘れないでね。このあいだ試供品でもらってきたささみ味のおせんべいを少し。よろしくね。そう、ボクは断然ささみ派だからお魚は食べないの。とくに人間が時々食べる生のお魚なんかは食べないことにしてるの。「甘エビだって絶対食べない、変な猫」って飼い主は言ってたけど。やっぱりカリカリも缶詰めもささみ系と決めています。ほら、よしおねこさんがボクのためにささみを買いに行って茹でてくれて細かく裂いてくれたりしたしね。飼い主は「ちょっとお父さん、猫にそういう習慣つけると他のもの食べなくなるから困るんだけど」なんて言ってたけど、高円寺の猫医者は「ささみはとてもいい」という意見だったし「肝臓の数値は確かに高いですが今こんなに元気なんですしね、ストレスを与えないようにして様子を見てはどうでしょうか」ってことになったから現在のボクがあるわけなのだしね。ペットショップと提携している動物病院では「自己免疫疾患」だとか「放っておくと白血病になる」とか脅かされていきなり背中に点滴の針を刺されてすごくショックだったんだけど、よしおねこさんが「セカンドオピニオンをとれ」ってわけで飼い主も必死で探したのが高円寺の猫医者さんなの。ボクはその頃痩せてて性格もとんがってたし爪切りやブラッシングはトリマーさんでもなかなかできない難易度高めな猫だったのよね。そこへ「肝臓の数値が高いから避妊手術はできないしすぐに治療しないと」ってとつぜん言われたものだから飼い主は頭抱えてたの。飼い主自身も自己免疫疾患で潰瘍性大腸炎のことがあるし、よしおねこさんはその頃心臓や肺の具合がかなり悪くなってしまっていたので飼い主はすっかり困ってしまって。ペットショップの店長とも話し合ってボクはペットショップに返されるかもしれなかったの。店長は決して悪いヒトではなさそうだったし猫扱いもうまいしね。動物に対しては情の厚い感じの女のヒトで「こういうケースは初めてなのですが」と考えてから「しばらく私が飼うことにして様子を見ましょう。悪いようにはしませんからご安心下さい。貰い手は見つかると思いますし」ってことで飼い主はしょんぼりしてたけどボクはしばらく店長の猫になってもいいかなと思ったりもしたの。でもよしおねこさんはほら元々猫好きだし、茹でたてのささみを裂いてくれたりしていたでしょ。「だめだ、ペット屋に返すなんてとんでもない」ってことで。それで高円寺の猫医者の言うとおりに「ストレスを与えないようにして様子を見る」ということで落ち着いたの。肝臓の療法食とかお薬なんかもいちおうもらったのだけど、ボクは療法食のカリカリは絶対に食べないし薬も一回だけ呑み込んじゃったけど後はすごく気をつけて頑張ってたから、飼い主はあきらめて「じゃあ好きなようにすれば」ってことになったの。で？　その後はずっと風邪もひかないしお腹もこわさないし至って元気にしておりますよ。

こんどの自分の治療が終わったらやりたいことっていうのを飼い主はノートにわざわざ書き出していたからこのあいだちょっと覗いてみたら「ピンクのシャツを着たい」とか「阿佐ヶ谷カフェめぐり」とかそんなどうでもいいことばっかり。ボクは偉大な詩人や作家の猫として後世に語り継がれることはまるでなさそうだから、今のうちに自分で語っておくことにしたの。人生は一〇〇年、猫生は二〇年の時代。飼い主は「阿佐ヶ谷の黒猫茶房のマスターが飼っていた黒猫さんは二〇歳までとても元気だったそうだよ」なんてボクに言うけど、飼い主にももう少し頑張ってもらわなくちゃ。だってボクのカリカリと缶詰めを買いに行くのは飼い主の仕事なんだから。ほらガンバレ飼い主、ゴハンは寝て待つ！　ピンクのシャツでも何でも好きにすればいいのよまだ若いんだしね。でも猫は人間より視野は広いけど色の判別はどうも得意じゃないの。特に赤系を中心に識別が弱いから。けっきょくこの夏の飼い主は「ピンクはやめた」って、派手なからし色のTシャツを着て羽虫にアピールしてますわ。人間ていうのは自前の毛皮も持てない可哀想な動物だから。アタマに残った僅かな毛を大事にしてるよね。

ああ、飼い主のアタマはね、キミどこの野球部って感じ。冬には若いお坊さんみたいだったのがこの夏少し生えてきたの。それで飼い主に言わせればまあこうだ。

「もちろん丸刈りなんて野蛮だと思っていたけれどどこの夏とうとうわかったの。ボーズアタマはとっても便利、文明的なアタマなの。五本指ソックスをはいてやわらかい木綿やシルクの帽子をかぶると、ほら猫になった気分。そのままエプロンをつけて台所に立つと料理のプロになった気分。外に出るときは従姉妹がくれたこの帽子、複雑模様の曖昧カラーでオシャレなヒトになった気分。洗うときにも簡単で美容院にも行かなくてすむとってもお得なこのアタマ。さらに手頃なお値段で茶髪のウィッグも手に入れて、染める手間暇一切なしで茶色の猫のフリもできるの」ということで、アタマの毛のことでは案外にもご機嫌なのですにゃ。

じゃあ、きょうはこんなところでおしまい。ねえ、チーズをちょっぴり出してくれないかなあ。冷蔵庫の引き出しに入ってるでしょ。猫のカラダに悪いとか言うけど、飼い主だってコンビニのスナックとか時々食べたりしてるにゃあ。サイレントじゃなくて「にゃあ」。あ、出た出た。「少しだけ」ね。あにゃ、あにゃ、あにゃ。

ああおいしかった！　それではまたね。

（灰色猫談、取材・記録　川上亜紀）

解説　知らなかった

笙野頼子

『群像』新年号の拙作（短編小説）、「返信を、待っていた」に川上亜紀さんの詩集『あなたとわたしと無数の人々』を引用させて貰った。自分の文章とは一行開け、きちんと離して引いた。それでも書いていて彼女がまだ生きているような感じがした。というのも、詩集を読んでいてここを引用しようと写していたとき、ふいに、私は彼女に似てしまったからだ。一行離しても距離のない体温、イメージの切実さがそこに生きていた。

それは優しいブルーに緑色の帯の詩集である。「噛む夜」においては月が噛まれている。「寒天旅行」では大阪が「寒天ゼリーよせ」にされてしまう。引用しているうちに、結局、記憶を剥がして食べる、というフレーズを私は書いた。しかし私は普段そういうふうに「食べる」ことはない。と、書くと、……。

まるで川上亜紀が過食症作家のように誤解されてしまうが、それは違う。ご存じのように、小説では最初、彼女は食べないことを書いた。それは長期点滴闘病小説『グリーン・カルテ』である。第四十一回群像新人賞の最終候補作（選評を見て、一部引用）。

後藤明生「（前略）『病気』がきちんと『写生』されている。しかし入院前後（作品の枠組み）が余りにも『文学』的過ぎる。その弱点を指摘した上で私はこの作を優秀作に推した。しかし誰も賛成しなかった。」

この回、惜しくも選考委員達は彼女の傑出ぶりを見抜き損ねたようだ。技術が高すぎて損をしたのだろうか。全体を見て？　欠点を探した？　しかしこのような才能はまず、どこがとんがっているかを見なくてはいけない。

ここに点在するのは、生きた天然の静謐な笑いツボ。それは狂言のようなくすりと来る笑いであり、体験が体験だから本来なら凄絶とか悲哀とかが似合うものなのだ。なのに落ちついて書いている。それは長期点滴の身辺悲喜劇。あるのは直球の必然性、詩的精神、ユーモアの仄めき。

今、亜紀さんから貰った作品社刊行の『グリーン・カルテ』は、目の前にある。装丁は緑色のカバーに（カバーの下も緑）亀の行列、……確かに、文末、「のだった」、の繰り返しがやや滑り気味である。だがそれで既成文学に落ちつこうとしていると誤解してはいけない。

で？　柄谷は言った（またかよ？）「小説は年々水準が落ちている。今回は「「優秀作」」を選ぶにも困ったが、（後略）」、……。

しかしかつて加藤典洋は私に直に言った「あの人（って誰？）は詩が、判らないのだからね」。つまり、……私達二人（と川村湊、藤沢周、高橋源一郎）はこの「結果」の後を受けて群像の選考委員になったわけで、加藤氏との会話はその、選考の場でのことなのである。もし後一年遅く、川上亜紀氏が応募したのなら、……。

しかし、結局彼女は詩と小説の区別から自由になって、書いたから良かったのだと私は思っている。だってその形で（まだゲラではあるけれど）「チャイナ・カシミア」

という結果が出ているから。ただ『グリーンカルテ』の場合、あれだけの難病体験を前にすれば、この方法で普通は行こうと思うだろう。でも私は、……。詩の時も小説の時も彼女の立つ位置、姿勢等同じで良いと思う。つまりそこがいい。拙作短編に私はこう書いた（それはバックラッシュとネオリベラリズムの時代）。

――新世紀初頭、川上亜紀さんからやって来た手紙、一通の手紙からその川上亜紀という名前を私は知った。（中略）手紙は私の書いた論争文についての肯定とともに、論争文中にある、私の新人に対する、言葉遣いへの（ごく軽い）批判から始まっていた。

彼女の手紙は強くて素直で言いたいことを全部言っていた。しかし恨み言ではなく、奇妙な事に（良い感じで、淡々と）どこか他人事のようであった。その手紙と他の関係者の証言も取って、『徹底抗戦文士の森』に私はこう書いた。それは昔私を、積年迫害した編集者が編集長で戻ってきてたちまちの事であった。「前の編集長と今の副編集長が載せるといって絶賛していた女性の詩人作家の小説が新編集長の力で罵倒されて書き直しの後で没になった」と。入れ代わりのように載っていたのは、かつて、未成年ヌードグラビアを作っていたある論敵の配偶者が書いた、少女強姦（カマトト）ノベルである。

こうして、群像のパーティで私は亜紀さんと（あるいは約束していたのかも）対面した。覚えているのはショートカットで飾り気がなく品のいい姿、少しぎこちなく苦みを持った頬の線と、明るく感じ良い笑顔である。きちんと美しくグラスを持って、既に誰かと慣れたふうに話あっていた。

「よく言った、よくぞ教えてくれた、私と同じ人よ」。

しかしその手紙中に確か、「かどうかはともかくとして」という自分に係わる記述が、さすがに他人事のようなところがあり私は指摘した。亜紀さんは納得して、明るく素直にしていた。私の贈った小さいブローチを「眺めて」いる、と。

彼女の手紙を読んでから作品を読んだ。どっちにしろどこかしら私に似ていた。だって、多くの「文学的な人々」は傑出するほど、文学的に見えることを忌避しようとする。ところが私たちと来たら、なぜか……直球でそのままに文学を生きるしかない身体を持っていた（当時私はまだその理由に気付いてなかった）。私たちは特にセックスを描かず、家庭にあるいはひとりにくるまれて存在するしかなかった（むろん難病の病態はひとり一病だ、しかしシンクロし始めると凄い事になる。というか根本、小説の私において、そのあり方において私たちは相当にシンクロした）。とはいうものの、……。

手紙の内容や文章では私より金井美恵子さんの方を好いている気がした。しかもお祖父様が出版、お母様は大学教授、母子で連れ立って近代文学の学会に出掛けるという。しかしそれならなぜ私の論争に反応したのか、というかつまりおなじ編者からまったく同じように迫害されたのか。迫害の原因、手紙にある罵倒までそっくりであった。外見も（顔だちは良いのだが）どこか一点私に似たところがあった（彼女にはその時一度しかあっていない）。

そしてその後、……私が彼女と同じ生き物、希少な仲間である事、その一端を知った。ほんの数年前。自分の年来の体の不具合や異様な症状が膠原病の珍しいものだと判明した。自己免疫疾患、自分の体が敵になって自分を攻撃してくる。原因不明、不治。

自己の肉体が他者であって、他人と通ずる言葉を放つためには、人と違う言葉で語るしかない宿命。——「未闘病記」を群像に発表した時、お見舞い葉書をくれた。「大変だったのですね」、「私も昨夏は」、「三十ミリのステロイドで」、「少しずつ減らして」、「こちらは比較的ポピュラーな難病ですが」、……。

「『健康な人は気が散るのだ』のくだりで笑ったりしました。」、「お見舞状というつもりが、つい自分のことばかり」、「アベ首相が妙に元気そうなのはフシギだ」、首相と同じ病なら国会前に目が向くのだろうか？　ツイッターを見て、納得した。感染も危険なのにデモに行っていた（自分を語ってすべてを語れる、文学の身心で）。

但し、自己免疫疾患の難病の中でも、この潰瘍性大腸炎やクローン病などの腸の病の場合、具合のいい時は健康な人より元気で、活躍する人がいる。ふいに上昇する生命力と、自在になるための素直さを彼女は持っていた。

元気な時はすごく元気なのかもしれない。一度彼女から急に電話がかかってきたことがあった。随分前の話、何か理由があって小さいひとり用のシャンパンを私は若い作家何人かに送っていた。嬉しかったので電話したと言った。一点はにかみつつ、それでも突進するように明るく機嫌いい声。

『チャイナ・カシミア』がどんな装丁になるのかはまだ知らない。しかしここにある小説の半分は毛糸であまれている（本書の解説に移る）。

……今年の冬も玄関のコート掛けに亜紀さんの編んでくれたショールを出して掛けた。それは外国の漁師のセーターに使われる編み目模様で、魚にも波にも見える深い青の毛糸。私はこのショールを近くの白鳥が来る沼に、して行こうと思って、毎年出していた。

それは野間賞のお祝いに頂いたものだ。宅急便の送り状品目のところに「靴下、ショール、お菓子、カード」と書いてあった。言葉の並びがそのまま詩のようであった。「話す言葉が全部小説になるので信用できない」と言われている私は、その送り状をとっておいた。

表題作、――世界が毛糸で出来ている？　全部編んである？　それは彼女が自分の身心から紡いだ毛糸かもしれない。そして、カシミアとは何だろう？　搾取されるものだ。カシミア山羊の扱いが悪いということを、つい最近やっとネットで知った。知らずに着ていたのだ。

で？　カシミアを編む、つまりカシミアという言葉を編む、と川上亜紀が思う。すると、もう、編んでいる。遠い生産地と、自分のいるここを毛糸で繋ぐ、となると……七十七万匹の凍死する山羊、テレビの中の氷点下という言葉の冷たいルビ、黄色い目の大切な灰色猫、氷という名前の寒がりな中国人ばかりか、昨年の冬と一昨年の冬までが混じってくる。詩と小説、夢と現実、手元から編んで……。

池袋に通うお友達のお国は、気温も労働も動物の環境もきつい。それは価格崩壊商品の生産国、という現実世界――なおこの病特有の寒さへの恐怖も、夢の中の声も、私にはすぐに入っていける親しい世界である。但し、彼女は寒いとなぜか家族を求めるようだ。「オカアサン」と呼びつつ、カシミアを着て、せきを「ヘンヘン」と山羊っぽく言っているうちに、人間は山羊っぽくなってしまう。それはカフカのように個人でなるのではなく、家族ぐるみで、資材ともなり資材を消費する側とも化すのである。

恐怖の遺伝子操作が暗躍する世界で、人間はまさに家畜のようにして、持っているミルクを制限、収奪される。いちいち経済格差ガー、とか言うまでもなく、それは編み目に、すべてに引っかかる。着ているセーターそのものに人間はなり、地球上の矛盾をも着ることになる。だがそれでも童話のくまさんのように猫のお皿も出して並べる彼女。家族は毛糸なのか?ならば自分は収奪出来ないという認識は救いなのか? しかし役に立たなければ殺されるこの、新世紀において?

カシミアを着る側と毛を取られる側が接近してしまい、肉食の猫まで編み込まれて、おじやには何なのか判らない肉が少しだけ入っている。物事は突き詰めると全てこわい。だがそれでも優しいものがあってもいいと作者は言いたいのか。恐怖は拒否してもいいんだと言う宣言、とも言える。

優しくて無防備でどうにでもされる、そんなカシミヤ。それを人ごとのままでひどい目にあわせ、にやりとしてページを閉じるような、残酷寓話などを彼女は書かない。一見他人事のようにしてはいていも、結局物事は全て、違う形で、自分に触れるのだ。家族という毛糸が柔らかくてやさしい生命なら、最後には生きた灰色の猫が活躍するしかない。搾取で作られたセーターではなく、自前の暖かさで、抵抗して増えようとする大切な飼い猫。そして最後の「灰色猫のよけいなお喋り二〇一七年夏」でこの猫の不妊手術に悩む実際の原因が判ったような気になる。肝臓の数値が心配だったのかな？

あの時、『モーアシビ』のお礼メールに、「肝臓、ささみで悪くなるのかもしれません、一時うちのギドウもそうで」という言葉を書き添えるのを忘れたとだけ、私は思っていた。

「靴下編み師とメリヤスの旅」、これが載っていたモーアシビの時は、まだ亜紀さんから返信があったはずだ。面白いしなんとなく武者修行のような感じだとも言った記憶がある。やはり少し人ごとのように喜んでくれた。「笙野頼子さんが言うのだから」と私も知らない人のように言われていた。——この小説はけして幻想ではないのに詩的な動きが本当にうまく行っている。世界を糸に込めて繰り込んでいっても、そっくりの景色にはならないということ？　なぜならそれは左利きが編んでいるから。小説にあるように、亜紀さんは本当に左利きだったのだ。しかしお母様が、文字を書くことだけは右手に矯正されたそうだ。但しそれ以外は何も治されなかったので、左手で包丁を持って料理していたと。私も幼児には左利きだったのだが全て矯正されて、その結果かどうかは知らないけれど左右盲である。なおかつここ三年右手の親指の付け根が例の病気で激痛しているのにもかかわらず、左手は不器用になってしまって久しい。

一方、亜紀さんは編み棒を自在に操れる幸運に恵まれ、日常の現実がそのまま世界の裏側をみてしまう手を持ったままであった。ミズカさんのようなステロタイプでない年配女性が、書かれている事も好感、貴重である。

靴下を編むことがエストニアとかバンクーバーと言う言葉と響きあう技術。人間が書けているから面白いのか？　いやそれよりも、編み物という小さいはずの繰り返しが時間にも空間にもなっていき、なれない他者にふっと繋がってくる（しかもそれはステロイド治療の苦しみに耐えながらである）。やがてその他者がバンクーバーという遠くを連れてくる、そこが良いのかも。病の苦しみは通じないけれど編み物話は二人を通じさせる。

「ながなが?」／「ながながあみのひきあげあみふためこうさ、こんな編み目記号ですね（後略）」、「（前略）右利きの人が表を見て編むところをなぜ左利きのひとが裏から編むなんていうことに（後略）」、「（前略）最初の作り目はべつとして、次は奇数、その次は偶数。偶数の段は裏側をみて編むことになる。とすれば、どこかでこの奇数と偶数を入れ替えるしか（後略）」

靴下は実際に遠方で履かれるのだが、それ以前に裏返り世界への旅をしている。その時わざわざ靴下に目鼻を書いて旅に出さずとも、五本の編み棒がバンクーバーを引っかける。すると頬に毛糸がぱたりと触れるように、誰かと会ったことの記憶が蘇る。人と会うことも普通に生きている事も、本当は凄いし、難しいことだ。私は左利きに生まれてもそれを生きることがなかったので、少し残念だ。編み方を教える輪っかの中に、時間が繰り込まれ、読む人は入り込む。世界の裏側をふと、感じる。編みかけの靴下は宇宙になる前のもの、その卵っぽさをていねいに辿るのも必然に思える。

彼女には一度しか会っていない。手紙とメールと献本だけの交流である。連絡の頻度もそんなにない。しかしそれでも長く脳内の仲間だった。

そう、そう、亜紀さん、長いものを書くのならモチーフを繋げるようにして編み上げれば良かったね。書いていたのだろうか？　しかしそれだと最初から最後までのモードを決めるのも大変なはずだ。しかも八十年代の形式に見えるかもしれない。だが、そこに現実が、目の前が、同時代が入るものを彼女なら書けた。なおかつ、現実との交錯が淡々として、或いは静謐の中に、生命が満ちるものを、なおかつ社会への批評のある、夢的毛糸編みを。

生前、同人の島野律子さんに小説で本を出したいと話していたそうだ。私は長いものを書けばいいとだけ思っていた。――むろんこの本(ゲラだけど)は時間もかかったし、長篇ではないけれど素晴らしい達成だ。

彼女にとって時代が不幸だった、だけではない。彼女をかばわなければならない時期、実は私は『群像』から二度目の追放を食らっていた。一度は「エースとして」復帰してくれと言われたのに、むろん亜紀さんも同じ枠で（いきなり三十人以上の作家がいなくなるという具合で）ずーっと押しやられた。私と彼女の新作を待ってくれていた共通の担当者、私と方向性の会う人が移動したのである。理由はその時来た新任の編集長と「あまり仲良くないから」と言うものであった。その上で、殆どの引き継ぎがなされず（つまり新しい担当者のネグレストもあり）、見事に消された。しかしそのあたりで既に、亜紀さんはモーアシビで活躍していた。いつだったか一度、書けないので編集者によろしくお伝えをという手紙を送ってきた。私は最初の手紙の時と同じように三秒怒った。

『モーアシビ』についてお詫びする事がある。実は川上さんが掲載号を送ってくださっていたのだと私は気づかず、彼女が、ひとりでやっている雑誌なのだと誤認していた（村田喜代子さんの例があるので）。自分の短編にもそう書いてしまった。というのも私は同人誌というものもその出版についても、まったく経験がなく、或いはそれ以外のことでも、普通だと気付ける事に気付けないからだ。つまり、これは私の責任であり、けして彼女がそういったわけではない。私が迂闊で、他の同人の方に大変申し訳のない事を書いてしまった。特に本当に作っていた方に悪いことをした。白鳥信也さん申し訳ありません。小説に書いたように方言の出てくる詩、面白かったです。

要するに彼女はなにも孤独ではなく、私が猫との生活の中で彼女を脳内友達に設定している間もずっと、素晴らしい人々に愛され交流し、他にはない才能を評価されていた。そもそも母親から文学を与えられて伸び、小説の中でもオカアサンと呼び、たとえ少しくらい喧嘩しても、家族と仲がよかった。書くときにとても良い場所にめぐまれていた。

白鳥さんにはこの短編を単行本にする時に作品の後に注を入れて献本しお詫びします。

『モーアシビ』34号が届いた時、(この雑誌は彼女の生前に発行されたのだが)、感触が違うと思ったのは確かだった。小説に書いたようにそこにはお母様のお手紙が挟まれていた。私は(多分怖くて)それを見なかった。ずっとメールの返事が来てなかったから。でも詩集が届いたとき、とうとうプロフィールを見てしまった。再発から四カ月というのはあまりにも早い。しかし、病に疲れて連絡をたつことが(私にも)よくある。

彼女の文章がまた『群像』に載ることを、私は長年のぞんでいた。引用でもいいから載せようと思ったのだ。それで新年号に引用した。

しかし雲の上に？　それだって最初、外国留学にでもと思ったほどだった。だって、「北ホテル」の、桃の味の飴はまだ雲の上にある。仙人の不老不死の果汁の飴、詩と小説を交錯させる空に。

川上亜紀、ひとつの世界をずっと生きて変わらない、その編み目に狂いはなく欺瞞はなく、そこにはいきなり生の、真実の「小さい」感触が入ってくる。それはさまざまな世界に読み手を導く。

ポメラを使い、猫に語らせ、飛行機の中でメモをとっていた。

雲の上に、という言葉を本当に言葉の雲の上にいるように書くことができた。その言葉は今も同じように読める。生きてからも死んでからも作品は変わらない。ただ、もっといて欲しかった。

（小説家）

初出誌

チャイナ・カシミア　［「早稲田文学」２００４年3月号］

北ホテル　［「モーアシビ」16号〜18号／２００９年］

靴下編み師とメリヤスの旅　［「モーアシビ」32号／２０１６年］

灰色猫のよけいなお喋り　二〇一七年夏　［「モーアシビ」34号／２０１８年］

川上亜紀

一九六八年　東京に生まれる

小説『グリーン・カルテ』（作品社）
詩集『生姜を刻む』（新風社）
詩集『酸素スル、春』（七月堂）
詩集『三月兎の耳をつけてほんとの話を書くわたし』（思潮社）
詩集『あなたとわたしと無数の人々』（七月堂）
　『モーアシビ』同人

二〇一八年一月　雲の上へ行く

チャイナ・カシミア

二〇一九年一月二三日　発行

著　者　川上 亜紀
発行者　知念 明子
発行所　七 月 堂
〒一五六－〇〇四三
東京都世田谷区松原二－二六－六
電話　〇三－三三二五－五七一七
FAX　〇三－三三二五－五七三一

印刷・製本　渋谷文泉閣

ISBN 978-4-87944-356-4 C0092